Ecuador: Journal de voyage

厄瓜多尔：旅行日记

〔法〕亨利·米肖 著 董强 译

著作权合同登记号　图字 01-2024-6007

Henri Michaux
Ecuador：Journal de voyage
ⓒ Éditions Gallimard，Paris，1929 et 1968
Translation copyright ⓒ 2025，by Shanghai 99 Readers Culture Co. Ltd.
All rights reserved.

图书在版编目(CIP)数据

厄瓜多尔：旅行日记／（法）亨利·米肖著；董强译. -- 北京：人民文学出版社，2025. -- (远行译丛).
ISBN 978-7-02-019164-2
Ⅰ. I565.65
中国国家版本馆CIP数据核字第2025V0M399号

责任编辑　卜艳冰　何炜宏
封面设计　汪佳诗

出版发行　人民文学出版社
社　　址　北京市朝内大街166号
邮　　编　100705

印　　刷　安徽新华印刷股份有限公司
经　　销　全国新华书店等

字　　数　120千字
开　　本　889毫米×1194毫米　1/32
印　　张　7.875
插　　页　2
版　　次　2025年2月北京第1版
印　　次　2025年2月第1次印刷

书　　号　978-7-02-019164-2
定　　价　59.00元

如有印装质量问题，请与本社图书销售中心调换。电话：010 - 65233595

献给我的朋友
阿尔弗莱多·冈戈特纳

献给与我同乘独木舟的同伴
安德烈·德·蒙勒宗

目 录

1 作者序

1 出发
16 坚实的海洋
28 到达基多
30 安第斯山脉
32 一座印第安城市的海市蜃楼
33 空间危机
44 帕西菲科·奇利波加城堡和花园
46 到达瓜达卢佩的农场
80 回到瓜达卢佩的农场
83 回到基多
84 美洲式的小夜曲
109 一只鸟之死
111 我生来身上有洞
114 恶心,还是死亡降临?
127 圣保罗湖

132　一匹马死了

135　从那里开始一直延伸到太平洋海岸的热带森林

138　在阿塔卡卓的火山口内海拔四千五百三十六米

141　在普恩波

147　回忆

169　梅拉-萨察亚库（纳波）

190　在阿瓜里科的罗卡富埃特位于秘鲁和厄瓜多尔的边境

206　伊基托斯，秘鲁，亚马孙河上的港口

215　亚马孙河的大小使它不可能在二十世纪之前被人看到

223　为一些回忆所作的序

225　安第斯山脉中的印第安人竹屋

228　刺青

229　独木舟

230　安第斯山脉

233　好客

237　译后记：世界尽头的旅行

作者序

一个既不会旅行又不知如何记日记的人写下了这部旅行日记。但是，在署名的时候，他突然害怕了，向自己掷了第一块石头。就是这样。

1928 年

出 发

1927年圣诞节，周日

巴黎

这次旅行两年前就开始了。有人对我说："我带你去。"整整两年，就像是便秘，而如今，周二早晨就成行。整整一天，我都觉得处于远距离的投射状态中。我的眼神仿佛消失了。不知费了多大的力气，才回过神来，而且，这次回神是多么的"不纯洁"，就像在祈祷时，眼前突然出现了一幅性的图象。

3时

才写下以上文字，便已毁了这次旅行。我以为它会多么伟大。不，它只会留下一页一页的文字而已。

周二。在"北方之星"列车上，去阿姆斯特丹。明天我就要在那里坐上波斯科普号船，前往瓜亚基尔（厄瓜多尔），途经巴拿马。

17 时半

那一刻我看上去就像个不幸的赌徒。

在我朋友的眼中却闪烁着喜悦的闪电!海关的人让我打开行李检查,却没有让他打开。海关,就像是场赌博。我相信,有冥冥中的力量介入了。这一力量对海关人员说:"让他过吧,他是我们的人。"而轮到我时……这一力量说了什么?也许它只是突然缄口不语了……

阿姆斯特丹，周三
早晨

啊！真冷，必须裹得严严实实，全身上下一样，才能抗寒。

一个将自己最强的力量存于脑袋、心脏、胸膛、手臂中的人，不能在这个国家生存。面对如此的寒冷，我缺乏耐力。我全身还不够协调一致……啊，昨天经过的佛兰德斯乡村！看着它，就会怀疑一切。那些房子是那么的低矮，连朝向天空建上一层楼都不敢，随后，又在空中一下子出现一个教堂的高高钟楼，仿佛在人世间只有它可以上升，可以有向上发展的机会。

现在，需要给I、P、H等人写信，给每个人都写点有滋有味的内容。

晚上好！晚上好，先生们。

　　　　　　　　　　在波斯科普号船上。海上

　　喂，喂，12月有三十天还是三十一天？我们在海上已经两天了，还是三天了？一出了海，时间就倒流了？可怜的日记！而且，刚刚发生的事，我是不会记下的。这一天已经到中午了，但我不会记下的。最好是马上就让它没有下文。

海上第四天
16 时

　　成为一条独一无二的船，横冲直撞，雄伟地，在巨大的水之沙漠上穿行……风快速地吹在我本来就不多的头发上，舞动它们，然后飞快地吹过，而我还留在甲板上。风又吹到我头上，又飞快地吹走。上帝才知道，它何时还会再遇上一个前额，这个前额又会是谁的，人们比较我们两人的前额，又有什么可说。啊，傲慢的船，啊，傲慢的船长，傲慢的旅客，你们不肯与大海齐平……除了在出现海难、沉船的时候……啊，那时候！……船终于加速了，带着它整套的桅杆和烟囱。

晚上

——Haben sie fosforos?①

——No tengo，caballero，but I have un briquet.②

船上就是这样说话的。

之所以说"借火"，可能是因为单独说"火"字，显得比说火柴更亮些，而"火石"确实是可以用来打火的石头。一位欧洲的艺术家如果巧妙地花点力气，就可以写出一种漂亮的四条腿的语言来。

船上的人之间，有一条纽带：玩牌。桥牌、十点牌戏、扑克牌：我们文明中唯一可以四处流通的货币。

---

① 德语与西班牙语的混合，意为："能借个火吗?"——译者注（本书脚注若无特别说明，均为译者注）

② 西班牙语、英语和法语的混合，意为："没有，但我有火石。"所以才有后面"四条腿的语言"之说。

n+2 天的航行

暴风雨。船晃得厉害。

M 好像不经意地问我，海鸥最远可以飞多远。三百五十公里？昨天早晨，我们见到了最后一批海鸥。

我也觉得自己开始有些不适。

下午 2 时

发动机停了。船剧烈晃动。我们被从船的一边晃到另一边。船上的海员有些担心。我倒一下子来劲了。太好了，大西洋，你知道如何使人振奋，显示你的伟大。

海上 n+3 天

  每天早晨，早餐以后，总有个年轻人坐在我的面前，拿出几张还没有展开的报纸，浏览上面的消息。他是厄瓜多尔人，读的是西班牙语，而我……

  这见鬼的地球，只有这么一点点东西，真让人厌烦。在有的地区，它如此缺乏让人诧异的东西，直叫人自问我们的真正位置在哪里，我们只是哪个其他星球的可怜郊区。这个大西洋，我感觉已经在上面待了一百年。

* * *

  我刚才去赌了一把……这真让人膨胀……这对所有作家来说都很好，因为作家很容易僵化。

  就在几分钟前，我感觉很舒展。可是写作，写作：一落到纸上，便什么也没有了。

* * *

  可是，这趟旅行，它究竟在哪里呢？

*　*　*

在我的行李中，只有一些现代书籍，而且之前没有经过挑选。

这帮印象派式的作家……追求什么火花，或者追求湿答答、黏糊糊的感觉，或者就像是针线活……这些文风，什么意象、神奇、情感、奇迹，什么天才、情绪，什么研究，什么一切。只是让人无法忍受的大杂烩而已，里面没有我们所要的食粮。

而这趟旅行，它在哪里啊，这趟旅行？

周五，1928年1月6日

（因为是1927年12月27日出发的）

突然想到，可能已经有两千万条鱼见到我们过去了。波斯科普号，两千万条鱼已经见到了你愚蠢的龙骨。上帝才知道，鱼儿们是带着什么想法见它过去的，因为我还只是计算了那些已经成年了的鱼。而且还有海藻，我们从它们身边过去，还有其他一切。而我们，我们什么也不知道，什么也没看见，没有阳性的东西，没有阴性的东西，什么也没有。

波斯科普号！穿越大西洋的瞎子。我们就算是被装到了一个袋子里也不会更糟糕。

我明白为什么会有那么多的船沉到了海底。它们就该有那样的命。

我们航行了四千海里，居然什么也没看见。几道长长的浪、一个高高的波涛、浪花、几个踊跃的浪头，船的前方整桶整桶的水，甚至风暴，还有几条飞起来的鱼；一句话：没有！什么也没有！

用不了五十年，所有的船上都会装上让人可以与真正的海洋世界产生联系的仪器。真正的海洋世界在海底。

可是这些工程师,这些商人!

世界是多么有惰性!他们说,船很漂亮,很漂亮!啊,不,是愚蠢,愚蠢!

一会儿以后

如果我是开旅馆的，会把房间放到水下；那里面会多么热闹，在梦幻般的海藻中，银色的鱼尾一下下敲打房间的墙壁。

* * *

人们总是将自己置于自然之上，从来不放到自然之中。

若不是过于昂贵，他们肯定会造出一些十米高的汽车来，好让自己与地面、草、昆虫不发生任何关系。

晚上

想到了铁路，比如说可以在巴黎到凡尔赛的铁路两旁搞一个发明：一座造型电影院，放上会动的雕塑。在路堑中，或者用蜡，或者用土，做一些雕塑。比如说，每米一个雕塑。它们会在眼前重叠在一起，产生出运动感，动起来。以一种恒定的速度开火车，途中不停（当然，要考虑到会出现一些变形）。那可是一个很好的能够让人晚上做噩梦的创意。啊！啊！在铁路上又可以晕过去了。①

---

① 这一创意在吴哥窟的雕塑中好像已经出现了。如果我们在它们前面跑过，它们就像会跳起舞来。——原注

坚实的海洋

1月10日

　　海洋，你的表面若是可以承载一个人，人们可以将你做成多么漂亮的玩具啊！因为你的表面时常似有一层坚实的膜，令人咋舌。
　　我们可以在你上面行走。在起暴风的日子里，我们可以在你高耸的浪坡上飞快地滑上滑下。
　　可以坐雪橇。甚至直接用脚。
　　谁独自一人在大西洋的一大块浪上冒险，可是够勇敢的，一个人，带着一只小羊，或者一头驴，在鞍的两边再放上一袋饼干，或者就像以前一样，骆驼商队，许多骆驼商队。
　　突然来一阵暴风雨。一会儿之后，所有的驴腿都折断了，暴风雨让它们跪下，然后摔到浪面上，就像火腿一样。（同时被摔倒的还有那些像一个屁一样快速出发、到海上去捕海蛇的人……）
　　除了这些，剩下的就是沙漠，这令人气喘的沙漠！
　　宽广的海平线突然开放，可以在上面滑旱冰。可是，在远海上突然掉了一个冰鞋滑轮的人，可就惨了。很快，滑轮就不见了，一个浪头吞没了它，另一个浪头又卷走它，然后那人就在后面追，而它总是又看不见了，而且那人脚下只剩下了三个滑轮，却还要滑。

暴风雨中在加勒比海上折断了一个滑轮的人，可就惨了。他到了一个浪尖突然滑不动了，摔倒在边上，手臂瞎摆，再次掉入浪底，但是，带着那么一线最后的希望，他保住了自己的四肢。啊！一分钟的休息！要是能有足够的时间换上一个滑轮该有多好！但是，像闷罐一样不理睬他想法的浪头，但是，像皇帝一样不理睬他想法的浪头，但是，像高山一样不理睬他想法的浪头，将他卷起，连同他的三个滑轮，还有另一个滑轮的残骸，高高地抛起，大笑着，在它们之间互相传来传去，而且玩得很开心。

而他呢：就像一条山沟里的自行车运动员。可是山沟突然鼓起，变成了高山，让他一下悬空，又把他扔到山底，然后，山底又变成了高山，把他高高举起，再把他扔到边上，然后，高山又变成了山沟，山沟、高山，高山、山沟，滴答、滴答……

在他的紧身套衫下面，肋骨已经断了，他觉得整个脊背好像拍在了硬板上，嘴角出现了血，好像在说，很严重，必须叫个医生来。

可是，哪个医生会来加勒比海呢？

于是，受伤者吹起他求救的哨声，发出求救的火哨。

可是，什么也没有。他想看看某个地方是不是有火，没有！某个地方是否有人……什么也没有！某个地方是否有个隐藏的间谍，什么也没有！高山、山沟，高山、山沟，高山、山沟。他想写下几个字，写下一个地址。可是，晃得太厉害。又过了一会儿，他一命呜呼。

救护车，救护车！

救护车和护士都来得太晚了，还都穿戴整齐……那年轻人就

"那样"在那里。

加勒比海可不是闹着玩的；就像是加斯科涅海湾，两者都是坏脾气，都不安宁。

"去吧，孩子们，去朝圣。

"去加勒比海朝圣，它把我的儿子活活给颠死了。"

他们就去了，但他们问：

"……真的就这样把我们的兄弟给颠死了？"

他们就这样彼此交头接耳，因为此时的大海，是那么的温柔，恰似一阵清风。

——献给弗朗索瓦丝·苏佩维埃尔[①]的玩具

[①] 米肖的朋友、诗人于勒·苏佩维埃尔的女儿。

周三，1月11日

有些地方有大片的云。海上，岛屿般的云的阴影忠实地伴随着它们，可能还有一些喜欢阴影和浅水的鱼也在忠实地伴随它们。可云动得很快，有些鱼必须使出整条尾巴的力才能跟上。很快它们就累坏了。很快，有些鱼假装觉得水太凉了，若无其事地回转身去。

周四，1月12日

居然到现在还没有提一提船上的那些吊杆。这些粗大之物，就在我眼前，在甲板上那么明显，遇上一点点阳光就会闪亮，它们都是重量级的巨人，排列整齐，三个三个地倒在地上。白天不把它们竖起来，可能晚上也不竖。可如果晚上它们能竖起来就好玩了，它们会害怕在它们的重压之下，整个甲板都会塌陷。它们会小心翼翼，就像一些大动物那样小心翼翼，比如说大象……

假如哪天晚上，它们小心翼翼地，在甲板上摇摇晃晃地走动，或者带着那种转动的陀螺才有的旋转运动，雅致之极，而且不怕船的横晃纵摇，假如它们轻手轻脚地出来秘密活动，而此时管吊杆的人紧闭双眼在呼呼大睡！

那时候，它们之间的会谈会比白天热闹得多，也更加秘密，更加怕言多必失，三思之后才发言。相互谈话，然后互行大礼，每一个都有它的大礼节，谁也不能失礼。但它们是平等的。不分兄弟长幼，没有论资排辈。每一个都见过一样多的港口，都知道每个地方卸货的方式。

在月光下，它们互行着大礼……

周四

电扇。在我写日记的吸烟室内，有两台。我如果不提到它们，就是没有良心。首先是离我近的一台。离我不到两米五的距离，高出我一个头。它转到最边上时，正好与我正视，盯着我的额头，确切地说是我的额心，飞快地过来，让我正视它，然后间隙性地震动着，又转过去。它绝对是越来越瞧不起我，最后，缩到一个角落里。过了一会儿以后，它又渐渐返回，好像我还是值得再让它审视一下的。但是，它的本性也许最终还是蔑视，又转过去，又走了。就这样，在我写下几页字的过程中，它就这样一来一去上百回！另一台电扇，更远些，我觉得空气中每一个分子都被它快速搅动。它就像是做扫尾工作的，将前面那台的工作弄得更均匀一些。用它圆圆的眼睛监视另一台的工作，并在监视的同时，做它该做的工作，就像所有优秀的督察员一样。

周五，1月13日

第一次中途停靠

在船的右边是库拉索岛。

好几个小时，船都沿着岛航行，离它远远的。

然后，突然就对准了港口的入口方向。一下子，在两边不到一链的地方，被各种各样的东西包围住，而我们的眼睛什么也看不清楚，我们的脑子什么也无法理解。

眼睛和脑子在很长一段时间内还停留在海上。这一结晶化的过程来得太快了。假如在大西洋上让我们看到一所房子、一扇门和一个挡雨披檐，然后，第二天，又在一桶沙子旁边看到一个婴儿，那会多快活！

可是没有。十五天来，什么也没有。然后，就在那么一分钟的时间内，整整一座城市朝我迎面扑来，上百座的房子、仓库、烟囱……大片我不认识的建筑，还有鬼才知道的东西，我真的不知道如何是好了。

* * *

黑人的脸上有一种奇特的表情，就像猩猩一样。猩猩有非常人性的眼睛。黑人：脸上的一滴水，便是他的眼睛。

  白人好像眼睛里有一个核，根据人的不同，核的大小也不同。这个核从来都不会融化为眼神。它意味着一种秘密，意味着大脑中的现象，意味着有些思考是不能具有外形的。

* * *

  可怕，第一次到达一个港口。就好像是到了一个全部由工程师组成的国度中。啊！真是的，这就是世界？为此，还需要想办法融入？一边往前走，一边感到不舒服。啊！终于这里有了花园、书店，还有一些房子，而且里面的人什么也不做。终于可以呼吸了。

* * *

  我们的波斯科普号在海上时，严肃、拘谨。可一到了这里！吊杆都竖起来了，带着它们的滑轮，肮脏的绳子，昆虫一样的复杂结构，然后是龙骨内肠中的那些玩意儿，就像一盘无法命名的串烤野味。人们用吊车将这些玩意儿卸到一些小小的平船上。等到都装卸完了，它们就开走了。呸！乞丐、流氓，连一根可以用来装卸的吊杆都不具备。

* * *

  我一直觉得相互模仿是一种值得学者关注的现象，生活中有许多这样的现象。我经常能感到——而今带着我这双已经完全无瑕的眼睛，可以说有了新的观察能力，我又一次感觉到——在所谓的没有生命的物体之间相互模仿的现象。可以列举上百个例子，这里只说一个。比如说,岛屿就非常聪明。我向你保证,在我们的地球上,没有一样东西如岛屿一样像云。每一次都会产生错觉。但愿船上的船长们不要固执地靠近它们,去探究一下究竟是岛还是云……

在日常生活一些更为常见的东西当中,还可以提到这些黑人的毡帽:油腻腻的,上面很厚的机油,仿佛是一些机械的零件,一看就是想要让它自己丢失掉,不想再被人找回。正如巴黎,以非常相似的方式,要到第三或第四天,才向外乡人真正打开。大多数的船只,都那么脏,那么难看,那么多的锈。人们会问,大海怎么才能辨认出它的龙骨,知道它是一艘船,而不是一堆垃圾或仅仅是光线的效果。大海要花去多长的时间,才能够认出这是一艘船?需要经过多长时间的摸索,多少思考,多少次的评头论足?

还有这甲板,仿佛它什么也不想承载,仿佛它要显得完全代表了其他东西,尤其是象征了不安全。这艘船的甲板,我下午看了它几小时,什么也没有看出来,什么也没有弄懂,因为它上面装满了成堆的东西。可是,在这当中,哪些是工具,哪些是商品,哪些只是其他东西的零部件,或者仅仅是寄生于上面的一些颜色而已?

名字。我找了半天,感到很伤心。名字:事后的价值,而且需要很长的经验。

在与外乡人首次接触的时候,只提供一些画家感兴趣的东西:素描,色彩,整体,一下子全部呈现出来!这一片说不出名字的东西,这就是所谓自然,但是,没有物体。需要经过成熟的、细节上的审视,带着一个确定的视点,才可以找到名字。名字,可以脱离出来的物体。

需要将它们脱离出来。

而画家们（我指的是那些忠实模仿外界事物的画家），他们满足于自然，满足于物体间的相互模仿。

我们应当到绘画展厅中去听听观众的评论。总会有某个人，在寻找半天之后，突然用手指着画，说："啊！一棵苹果树。"我们感到他如释重负。

他从中分离出了一棵苹果树！他感到很快活。

* * *

有些地方是对人有害的。所有东西都在抢着与你说话，或者跟你对着干。

面对一条大红的、粗格子图案的、不断对你吼叫的领带，你又能怎么办？每个人都应当有禁止自己踏上的街……

对我来说，那些到处放着留声机、被厄瓜多尔人占据着的地方，真是令人讨厌之极。他们真的是商人，让人呕吐，一天内四次重新系上领带，重新西装革履，然后，工作一结束，就戴上乳白色手套，去逛青楼……

你注意过吗，人们总是愿意靠近水。关于水，我们可以见到多少绘画作品！那是因为，这样的环境永远都不可笑，没有人会觉得不妥，而且没有太大限制，没有什么定规的东西可以让你自由思考，而树啊、草地啊、山啊，都有它们自己的想法，而且一下子就说得很透，说得很全，而且逼着你接受。

第二天，在海上

　　刚才，有个水手往海里倒了点东西，好像是装在一只袜子里的，是一些渣滓，还有一些咖啡。
　　边上的海水马上就变成了褐色，然后……可是，谁又能对大西洋怎么着呢？

1月22日，4时半
过了巴拿马之后

海洋能解决一切麻烦，却带来很少的麻烦。它很像我们。它没有大地那不会起搏的坚硬的心，而且，尽管它随时都准备好了要淹没一切，但只要我们理智地远离这一可能性，它就又成为我们的朋友，非常友好，而且能够很好地理解我们。

它不向我们展示什么无可比拟的景致，而那是大地所特别擅长的，只要我们在大地上驶过几百公里，那些景致就让我们觉得自己已经完全背井离乡，好比我们刚刚出生，而且非常可怜。

谁只要见过一片海，谁就理解了所有大海。它的情绪，像我们。它的内在生活，像我们。

它也不像大地一样，在同一景致中，展示成千上万种各具个性、各自独立的不同的点：树啊，石头啊，花啊。

对古代人来说，这些各具个性的点都是不可忽视的，所以要称它们为"岩石先生""河流夫人"。犹太人、基督徒，继而是学者，则摧毁了这种信仰。

如今，还有谁能够彬彬有礼地谈到一丛灌木？

到达基多

基多，1月8日

我还是要向你致敬，受诅咒的国度厄瓜多尔。
你真是荒蛮，
胡伊格拉地区，黑色，黑色，黑色，
钦博拉索省，巍峨，巍峨，巍峨，
高原上的居民，人数众多，严肃、奇异。
"看，那边，是基多。"
啊，我的心，你为何跳得如此剧烈？
我们要去朋友家，有人在等我们，
"基多就在山后面。"
可在山后有什么？
基多就在此山后。
可我在山后能见到什么？
依然是印第安人……
市郊，车站，中央银行，
圣弗朗切斯科广场。
这里的车真是颠簸。
现在我们到了。

*　*　*

这城市像是粘贴在云的火山上,
城中,背着如此的重物,行走着印第安人,
他们粗壮低矮,短头型,碎步前行。
这一弓背的朝圣,引向何方?
他们相遇,再相遇,然后上山;
就这样:日常生活而已。
基多与它的群山。
群山向它倒下,然后突然惊觉,停止倾倒,
不再喧哗!便有了路;然后,在上面铺石。
在这里,人人都抽高海拔的鸦片,小声说话,
碎步走路,小心喘气,
狗也很少吵架,孩子很少吵闹,很少的笑声。

安第斯山脉

第一印象是可怕的,几乎令人绝望。
首先地平线消失了。
云彩并非都比我们高。
我们所到之处,无穷无尽,没有突兀,
安第斯山脉的高原在延伸,在延伸。

不要如此焦虑。
我们感受到的是高山反应,
只需要几天。
地面是黑色的,不欢迎人来。
从内向外拱的地面。
它对植物不感兴趣。
这是一片火山地。
赤裸!而且上面的黑色房屋,
让它依然赤裸;
那种不祥的赤裸裸的黑。

谁不喜欢云,
请别到厄瓜多尔来。

它们是高山的忠实的狗,
忠实的大狗;
高高地为地平线戴上王冠。
它们在说,此地的海拔是三千米,
很危险,他们在说,对心脏、对呼吸、对胃,
对外乡人的整个身体。

一座印第安城市的海市蜃楼

一座有年轻姑娘的美妙城市!
还剩有几个墨洛温王朝的人,
他们像眼睛一样是扁状的,而且矮壮地行走,
在络绎不绝、巨大的黑云之下。
在无辜的房舍、苍白的房屋之间,
缓缓流动着开始凝固的血液。
围住它们、保卫它们的,是高大的麻风病人。

进入这座城市,我们必须先缴纳"面孔税"。

空间危机

1928 年 2 月 1 日

不，我在别处已经提到过。这片土地已被洗尽了异国情调。假如我们在一百年后，还没有能够与另外一个星球建立起关系（但我们将做得到），人类就完了（或者到地球的内部？）。我们已经穷尽了生活手段，我们在爆裂，我们在打仗，我们什么都做不好，我们已经不能再待在这片地壳上。我们痛苦之极；因空间危机而痛苦，因为我们失去了空间的未来，而我们已将地球周游了个遍。

（我知道，仅凭这些想法就足以让我被人瞧不起，仿佛只是一个四流的思想家。）

周六（2月13日？）

印刷术带来的时代病：黑色。啊！现代社会中的黑色！

周一

　　我的状态不太好,所以许多东西我都无法理解。很可惜。
　　一些病人可以在他们病房的挂毯上看出一些可怕的人物,而其实那里只有一些光线、线条、污迹,或者一道撕痕造成的效果。
　　我也这样看,但不是带着恐惧,而是带着善意,而且没有病。下面是我那些小小观察中的一个:

在一片赤裸裸的墙上所见

家具,你带着木头的沉静在休息……
而且即便这样,你也还在歌唱,
靠在这一全白色的、冰冷的、僵硬的、宽宽的疯子身上,
它好像还没有从某个不可思议的事件中缓过劲来,
对它来说,已经没有了希望(我知道,我全知道)。
接着唱吧,就像我们平时听到的歌声。
在你开裂的额头上的那道倒影又是什么?
原谅我,女人——我刚才没有看到你,因为你在边上,甚至几
　　乎在后面。
你的长裙那么自然地在闪亮,完全覆盖了你,

你像手一样娇小,它将你裹得严严实实,直到嘴巴。

可你惊恐的嘴在叫喊什么?

同时,你的手拿着的小瓶子,拿得是那么直,那么稳……

女人,你身边的家具,它唱得真好。

我向你保证,它经常这样。

它在唱歌……啊,那是它在希望人们管管它。

留下来吧,假如你有一点点时间。

你是否在向那个大疯子说话,

向它叫喊?

周二，2月中旬

　　国外一个地区或一座城市的妙处，既在于它所拥有的特色，也在于它所缺乏的东西。以下是其原因之一：正如一件艺术作品，有时人们会说："很漂亮，但其中也不知道缺了什么日常的细节，所以并不完全生动。"一座新的城市，人们无法完全信任它，假如很快就穿越它，那就可能什么也不留下，人们会说："这次旅行就像一个梦一样过去了。"这是异国情调给我们玩的花招。

　　对我来说，我在这里近三个星期了，基多依然让我觉得并非完全真实，还没有我们非常熟悉的城市所具有的一致性与自然的一面（哪怕它对于一个外国人来说显得非常多样）。

　　对于一个国外的景致——也就是说奇特的景致——来说，所缺少的，永远都不是宏伟，而是细小处。

　　所以，让我静静地梳理一下我的印象，看看基多与它所在的地区所缺少的是什么。

　　它缺少手推车、杉树和蚂蚁。这里没有一棵树，除了桉树，也没有一丝木头轮子发出的声音，没有任何种类的运输大车，大白天的也没有猫。（关于这一点，必须提到，印加人没有发明轮子。）

　　我要说的第二点：所有的外国地区都显得有点像假面舞会。总有一些细节自己在那里出彩，不去顾及全局。并不是要显得滑稽，而是"故意的"。在这里，印第安女人看上去都有一种女骑士的姿态。原因就是她们头上戴着毫无装饰的毡帽，还有她们脸上很自然地带有距离感的漠然神态。

因此，在一天当中，你会遇到上千名女骑士，虽然这里的人都已司空见惯，但总显得有些装腔作势，像是在音乐厅里刻意的花枝招展。

你可能会对我说："难道你从未旅行过吗？"

"旅行过多次，先生，但我有些冥顽的印象。"

还有一点：这些印第安女人直到一定的年龄，都还留着辫子，而且不太会变胖（这样我就又回到了我的第一点），所以这个城市里缺乏成熟女性，缺大妈型的、胖妇人型的。很可能，这只是表象，可这又有什么关系呢？

老女人与姑娘，这不足以构成一个城市。当然，这里有一些看上去成年的白人女性，但这就更像是一出喜剧了，就好像是为了变成成熟女子，印第安女人必须换个人种，而且后来还必须换回去，再成为印第安的老女人。而且，对我来说，白人女性在这里的出现就像是意外事故，是真正的舶来品。

2月20日

有些天，我感到自己很难受，就会到城市的北边去，那里住着本地人。

泥砌的房子一直都很让我感动，仿佛里面住的是些圣徒。这些房子静静地教育人们如何谦卑，既不自命不凡，也不可笑，并表达着一种思想，说：我，我很"帅气"。（这里所有的女人都在说"帅气"这个词，仿佛是最重要的一个词。她们影响了我。）

这里穿的颜色鲜艳或灰暗的风衣每每让我喜悦。在黑色的大地上，这是一种壮丽的凯旋。

一个不太和谐的音符：苏克雷（相当于当地的法郎）。苏克雷，苏克雷，人们就这样发音，这是最肥腻、最贪婪的一个词。

大地的风景

　　石灰、泥土、岩石或树叶，大自然的色彩。

　　可是，肉体那白里透红的颜色呢？

　　白人总是裸体的，因为他在他的类型中是唯一的。他不进入体系；放到一幅画中，他也会特别出彩，为画家带来声誉。

　　配这样的身体，应当有一种属于天空类型的地面和大自然。

　　人们总说裸体的黑人。只有白人才是裸体的。黑人并不比一只甲壳虫更赤裸。你在睡了一个印第安女人之后，可以自问，自己是否真的见过她。

　　只不过，在两道白色的被单之间，所有的人种都是赤裸的。

　　　　　　　　　　　　　　　一会儿以后

　　没有一个地区让我喜欢：我就是这样一个旅行者。

　　人们无疑已经建起了一些小东西。可是大东西呢？我从来没有见过一座建得很好的城市，很少见过好的山丘。从来没有见过一个完美的全景！

　　要是我能够为一个省带来一些起伏的景致该有多好……

一会儿以后

句子是从一个思想点到另一个思想点的穿越。它在一个会思想的套筒里实现这一穿越。

由于人们不了解作家的套筒,作家就依据他穿越的结果而被评判。很快,他就被认为比同时代的人愚蠢得多、不完善得多。人们忘记了,在他的套筒里面,他有的是内容,完全可以说出其他东西,甚至说出他已经说出的东西的反面。

一会儿以后

我已经不在基多了,我在阅读中。

帕西菲科·奇利波加城堡和花园

周一，19 日

昨天我很好。

原来我也可以感觉到自己宽阔、充盈。

谁料想一个如此狭小的胸膛可以有如此强烈的呼吸？

然而，那是可能的。

在一些我们不知道的地方，看来还是有点东西。

昨天我才见了一座公园。

那里有这个，有那个，有这个和那个。

有一道瀑布，每一层都有水。

有伸展的地平线跃入窗户中。

那是科托帕希山。

圆圈形的云好像被下午租用了，

突然从中挣脱出巨大的翅膀，

白鹭都很高雅，

被簇拥的孔雀显得没有那么愚蠢。

还有小叶南洋杉，

一切都那么迷人，

那个胖子在里面游刃有余，我是他的客人。

这一切离大自然如此近,

野鹤也会在这里上当。

从那么远飞来,觉得很自在。

在寓所里,在每个房间里,都有欢笑的水,在轻轻呢喃。

饭厅是多么的大,那么庄严,那么让人觉得好客。

一张皇帝才睡的大床。

但我们走了。

登上奇利奥山,汽车花了很长时间,

夜色融入我们眼中。

只有厄瓜多尔才有的黑夜和繁星密布的天。

基多在另一道坡的后面露出,像一个卧躺着的人,

守护着它的光在山谷中震颤。

到达瓜达卢佩的农场

周一（2月21日？）
在通古拉瓦火山脚下

几乎深夜，我才到达这个我头一次来的国家。还需要两小时骑马的路程。有三个骑手陪伴我。我以为会慢步走。相反，我们冲进了不可思议的石头丛中，或者说，进入了厚厚的阴影中。我像个瞎子一样。马倒是识途的。随着阴暗越来越浓，它的步伐也变得更谨慎、更理智。我听任它走，它在这里、那里转个圈，然后就已经下了　级坡度。"Un poco romantico"①，我试图愚蠢地用我掌握的一点点西班牙语朝我的伙伴们说话，指给他们看一大片弧形的云，云将通古拉瓦火山与另外一座山连在了一起。他们不回答我。我的马最慢了，我的视线中渐渐失去了别人的踪影，甚至连莫滕森骑的那匹白色牝马也已无影无踪。大家都不得不停下来等我。

我们遇上了一具尸体，由四个印第安人抬着。但是，夜色比一切都更黑。我的马嗅着，感到非常不自在。最后，它决定继续向前。下面是激流，声势浩大。我觉得人好像会掉进去。不，是路在这里变斜了。（那时候，在整个厄瓜多尔，许多地方被淹没了。）突

---

① 西班牙语，意为"有点浪漫"。

然,激流中我听到了马蹄的声音,是我前面的人骑的马。我喊道:"可以过河吗?"没有回音。我就蹚过了对一切都不理不睬的河。上了那边的岸,眼前出现了一点点的火。我是否真的明白了人们给我的解释? 那是些昆虫。它们照明一下,"噗",然后就消失了,就像一闪一闪的灯塔的光一样灭了。然后就什么也不剩下,甚至连是在哪个地方也不知道,让人瞠目结舌。有时,有光线从一团东西中透出,我觉得像是些房屋。最后,听不见我前面的马的声音了。我的马在穿越灌木丛。最后,我们到达了一支点亮的蜡烛前,后面是一座庄园的石头和窗户。两边也有建筑。我们进了前廊。

出现了第二支蜡烛,然后第三支,我进入了一个房间,里面有一张上锁的办公桌。

我自问,房子里是否真的有人住。一个小时之后,开始有人给我们送上吃的,共有四支蜡烛,菜可以看得非常清楚。

瓜达卢佩，致 H. Cl. 的信

　　这里与其他任何地方一样，一百万个景致中有九十九万九千九百九十九个不好看，我不知道从何处入手。

　　不，我不能接受。我必须走得更远。人们对我说：智慧就是接受。啊，不，我可不愿意做童男。有时，我会认真地读几个经典作家的作品。我觉得他们都是些童男，我猜，即使对他们同时代的人来说，他们也是童男。

　　当我消化一点这个瓜达卢佩的时候，我就必须走了；在我身上还有其他的童贞在等待我去破。

　　然而，在这一刻，我已经精疲力竭。我那鸡蛋壳一样的骨架还能够支撑多久？

周二

"我的窗户朝向一座火山。

我房间的窗户朝向一座火山。

终于一座火山。

我离火山只有两步之遥。

在我们的花园住宅中有一座火山。

火山,火山,火山。"

我今晚满脑子就是这音乐。

而今天下午,我的音乐是:"你要到东方去,东方……"

而昨天,我的音乐是:

"骑马,

骑马,

我骑马去。

我骑马进安第斯山。

我在马上度日。"

很少几个句子。一个词的忠实的锣声。

周六早晨，2月底

这是我特有的习惯。情况是这样的：我已经躺下，然而没有睡意。于是我就开始填充自己。我在脑子里给自己一切我想要的东西。从一个总是真实的事实出发，顺着一个非常可能的线索，我渐渐让自己被人尊为国王，或者类似的情况。这个习惯同我的记忆一样久远，而且我每隔几天就会让自己这样满足一次。所以我起床时内心都能够十分平和。万一时间不够让我这样来一次，我在整整一天内都会哆哆嗦嗦，别人的神态与话语都会让我觉得尖刻。

周日早晨

漂亮的白马（但它的眼白是粉红色的），
脑袋激动的、硕大的马，
你的胃一定比越来越弱的我的胃大得多，
你那硕大的心脏，
你臀部的肌肉在山上颠簸了一整天。
四条腿的高高的浪涛，你摇晃我，
颠我，让我彻底完蛋！
终于，你被放进了马厩。
而我上了床。
但你小跑和快跑时带来的长长的波浪让我整夜难眠（仿佛必须
　　与疯狂搏斗）。
带着战争的脑袋的马，
伟大的马，
你那边难道没有料想到，我的心脏有多小？
你可能听到了，敲打着你的皮毛，它一阵阵过快的、轻轻的
　　击打？
永不疲倦的马啊，我的心脏受不了了，

它受不了了,然而,你今天又要放我到你背上,

 虚弱的我、醉了的我。

我不恨你,不恨。

但是,永不疲倦的马啊,我的状况会很糟。

一会儿以后

确实,在任何时候,总是老人在拖延。现代,对他来说,就是异国情调。

　　　　　　　　　　　一会儿以后

　　我一直渴望能有一个父亲。我的意思是：就像有一个女人……一个自己寻找到的、自己选择的父亲。假如能够找到的话，那真是太美妙了。

　　　　　　　　　　　一会儿以后

　　大约在两三年后,我就可以写一部小说了。亏了这本日记,我开始知道,在一天当中,在一个星期当中,在好几个月中,发生了什么事情。
　　而且,太可怕了,什么也没有。知道了也没有用。
　　看到它被写在了纸上,就像是一种判决。

　　　　　　　　　　　　一会儿以后

　　直到现在，我好像没有任何撒谎的能力。但我要开始撒谎了。我觉得这样对灵魂来说非常有用。在我身边，人人都在撒谎，而且非常自然。（孩提的时候，我撒过谎。但那是临时的，没有办法，不算。）

一会儿以后

  我想到有那么两三头蠢驴,以为根据兰波的通信就可以成功地还原他的生平。

  难道他写给他妹妹、他妈妈,给一个学监、一个同学的信,真的可以透露什么?

2月28日

　　厄瓜多尔是由许多高山组成的，每座都有五千米的高度。

　　厄瓜多尔的大地很软、很松动。有时候，它会晃动、落下、塌方。当地人看到下雨时会说：害怕吧，因为雨水会让山塌落。这可是发生过的，好多山都塌过，而假如整个季节都下雨的话，整个地区的起伏就什么也不剩下了。安第斯山脉在一个晚上像蜡烛一样地矮了一大截，所有生活须得在新的基础上重新开始。比如，1511年，西班牙人第三次来到这个国家，在一个我已经记不起名字的港口靠岸。他们觉得非常奇怪。他们往里面走，按理他们早就应该看到他们上次记录下的那些高山，而且那是他们在海上就应该看到的，天气晴朗的时候，一百公里以外都看得非常清楚呢。他们以为自己走错了路。他们到了如今成了莱昂省的地方。还是什么也没有，就像是个平平的大蛋糕，上面什么也没有，而他们早已在这里殖民过、营建过，为许多用具和房屋创立了模式。在弯弯斜斜地走了两天之后，他们突然看到了许多粘在一起的瓦片、动物的骨头、一些弓弩和一座楼，它们平整地撒落在山的周边，就像是构成了一个漫画般的巨大的罐子。他们害怕了，慌忙地回到了巴拿马，讲述他们所看到的，然后就被人臭骂一通，觉得他们什么都不懂，人云亦云，真是新手，而且真愚蠢，愚蠢之极。

就在这时候，发生了1523年的火山大爆发。

所有的火山都一起发动，大量喷发，整个厄瓜多尔大概都返回了原初的样子。西班牙人第四次回来了，当然，他们根本就不听印加人的说法（印加人已经取代了当地人），还差一点就将那些1511年来过此地的同胞作为叛徒通通枪决，因为他们众口一词地认为，那是魔鬼干的事。

而印加人呢，他们以为是那些乡巴佬为了免除税务而胡说八道。从此以后，他们会带着蔑视说："假如山帮助了弱者，那是出于无意。"这句话还成了谚语。

2月29日

我们的汽车在里约·德·班巴的路上开。我们没有能够避开一条狗。听到了一声令人心碎的叫声。我回过头去,什么也没看见。但司机用西班牙语向我的同伴就此说了点什么。

我焦虑地问道:"轧死了吗?"

彻——彻——底——底轧死了,他一个字、一个字地说,对自己极为满意,感到非常成功,而且眼神直勾勾的,难以言表。同时他大笑起来。

接着就是一阵咳嗽,大声的咳嗽,就像是为他鼓掌助威的咳嗽的鼓声,破坏他的胸腔,像一阵飓风折磨桅杆一样折磨它。

他是萨巴丹德拉德医生。但他不行医。他是庄园主。对我来说,他就像是一道急流,这道急流可以带走一切。他只有一个感官,但这一感官非常发达。

"啊!不,我不喜欢这里的山景,我更喜欢阿尔卑斯山。"我这样对他说。

他说:"完全正确。您太对了。这里的山很雄伟、宽广,气魄宏大,正如您所说。欧洲可没有,不,完全没有,根本没有这样的山,毫无人工味,真的,真的。"然后就是笑声和咳嗽。

我说:"不,不,正相反。我跟您说,我不喜欢这里的山。你们的山,就是一堆土而已。"

可他,又一次非常满意地看到,他与我的想法一样:

"非常正确,我们的山是一堆动物。还有一些桉树,一堆狼、火鸡、鹳鸟、野兔,许多动物、昆虫,还有蛇,没有毒的蛇,还有蔬菜,您知道……"

这就是急流,以及他的感官。但我觉得与他抬杠非常有趣,马上就接着那些蔬菜的话题说:"在厄瓜多尔,人们不吃蔬菜,只吃土豆。在一公顷的土地上,甚至都不种一平方米的蔬菜。"我指给他看一片种萝卜的地,那里萝卜的叶子简直比青草还要细小,只能让人感到悲哀。

但是,医生走近后:

"多么美妙的东西啊,不是吗,这些叶子,瞧这些叶子,它们绿得太完美了……"

某种神经质的笑在撕扯着我,一直到我的脸和我的胸膛那里,从里往外让我痛苦……必须让他闭嘴,或者让我纵声大笑。

为了赶紧结束对话,我说:"在欧洲,确实,我承认,我们没有这样漂亮的植物……"

但他又一次往前冲了:

"这一点必须承认。最漂亮的植物,法国有世界上最漂亮的植物。这是法国的荣耀,最漂亮的植物。相信我,我们这里的人都承认,您可一定要知道,我们全承认这一点。法国是最文明的国家,是草莓、小麦、诺曼底种小麦的国家,是拿破仑的国家……"

可怜的我!就像一条河流,怎么也没能找到一道可以供它流动

61

的坡。我后来看到，他在一群想法完全不同的人当中非常自在。他完全同意别人的意见，非常高兴能够如此完美地与人意见相同，因为他实际上与其中每一个人的意见都不同，所以就不与任何人有不一样的意见，因为这一不同总是跟在后面，让人望不到头，而且主题也一样，比翅膀还要难抓住。

他的癖好是将人工化与自然作对比，如果有人给他介绍一个欧洲人，他会说："啊，这里的山，您觉得怎样？不人工化吧？在欧洲可没有……"

我的朋友M，还有些没有转过弯来，回答说："哪里，勃朗峰总该……"

医生马上就打断他说："您说得太对了，勃朗峰完全是人工化的。"

谈话就此结束。

周四，3月1日

从瓜达卢佩到巴诺斯，到苏纳、梅拉附近，从海拔两千零四十米到一千零一十米，几乎就是从山上的沙漠到了热带的森林。

早晨6时出发

到了三点钟的时候，我经过了日本。确实，在那一刻，就像在日本的雾中的效果，正如可以在一些画家作品中看到的。白色从天空中脱离出来，这里一片，那里一片，往下坠。

这就是雾的效果：它在这里抓住一棵树，那里抓住一座山，另一片雾在山谷里抓住一头褐色的羊，它非常雅致，还保留了羊身的形状，只是它身上的羊毛好像掉光了。另一片雾在更远处抓住三棵桉树，可是，一会儿之后，"嗖"的一下，我们又看见它们了，它们又出现了，第三棵几乎已经全了，而在那边，右边，一棵树将要被抓住，一瞬间，又出现了后面的另一棵，再次看到它时，让人突然感到十分激动。

最薄的雾也会遮住一两棵甘蔗，或者一棵白色的树。

所有的日本画所描绘的都像是一次重生。这些雾教人如何看东西，使我们的眼光更温柔，告诉我们，大自然的面孔和矿物的面孔并非那么硬、那么不可动摇，而是柔弱的、羞怯的，正如女人的身体，会产生不同的紊乱。就这样，我们开始带着同情去看它们。还有一些善于黏人的小云彩。它们会整天都待在一个小洞里，或者躺在草地的一个角落中，然后就开始吸吮一头母羊，使劲吸。

周四，3月1日

厄瓜多尔有巧克力的河流穿过。

有一天，我一整天都沿着一条这样的河走。这些河在流动的时候，会夹带很多泥土。经常可以看到土从河流上方塌落下来。

土刚塌落的时候，看上去是一片尘土；到了下面，又变得像烟雾，令人窒息的烟雾，而最上面是火热、滚烫的巧克力。这条河是帕斯塔萨河。河上的瀑布是世界上落差最大的瀑布之一（七十米）。

我们朝东边走，看到的叶子开始变大了。

3、4、5、6、7、8、9、10、11 时

骑马。脚只在穿越一些很轻、太不安全的桥梁时才着地。骑马，骑马，不吃饭，不喝水；我在别处还会提到我的同伴，他很规矩，却粗鲁，丝毫不懂怜悯人，几乎凶暴，但总的来说，还是个旅行的好伴侣。

12 时

我们到了苏纳,我们决定在那里过夜。我想吃饭,昨天一天没吃。然而做不到,他们让我与他们一起抽。

一个斜靠在肘上、轻轻叹息的女子,倒是一幅很美的图画。但是,一个彻底疲劳的男子,一个一心只想睡觉的人,是我。

现在不可能:自尊心。

13、14时

这一段时间都花在大腿、小腿、屁股上。它们渐渐舒展、放松。必须把它们从骑马运动中解放出来。需要告诉它们一切,帮助它们,将行走的运动加以解构。

15 时

终于见到了那些南美短工！听到他们在远处吹哨，要吃饭了。是他们。他们从骡子上卸下东西，拿出一些潮湿的、看上去还很饱满的大叶子，在里面总会有一份菜，玉米、土豆泥、一只鸡蛋、一只鸡翅膀；加在一起，称为蕉叶玉米粽子。

吃饭的时候

可是睡意笼罩了我。我觉得自己非常沉重；假如我的马与我一样，它肯定会觉得自己是头大象。

17 时

说话……打副扑克牌吧……啊,睡眠啊,将我从这些事情里抛掷出来吧,一下子,就像摆脱某个人。

苏纳，周五，3月2日
起床时
有人把老板的床借给我了

　　谁睡在这张床上，这张床就会为他说话，而且大声说话。而且他老婆，不论是在他右侧，还是在他左侧，床都不会让位给她，不给她留出个窝。双方是平行的，床与睡觉的人。但是，假如在夜里，这两个灵活的身体，丈夫与妻子，突然醒来了，而且互相靠近，那一定是非常美妙的……至少我这么想。

早晨，6 时半

我们现在都又装备好了，穿上了橡胶披风，带着从昨晚起就没有洗漱过的人的睡眼惺忪和难看。

我同伴的脸，就好像他昨晚整夜都在抗拒着一个谋杀的想法……或者最终还是没有忍住。

我们再次进入森林。这片森林很热，像个巨大的寓所。我们很小心，很不舒服。这就是热带森林。

这里有适合我的东西。

当诗人们歌唱北方的树木时，我认为他们是故意为之。这些赤裸的树，没有家，光不溜秋，遭到遗弃，高高的树干和密无开口的树枝（我尤其想到了你们，哦，山毛榉，我诅咒过你们，而有人想让我欣赏你们，你们所有的小叶子向高空发出恶毒的毫无意义的笑声），人们对你们一无所求，我憎恶你们。

这里有适合我的东西。

热带的树，看上去有点天真，有点愚蠢，大大的叶子，是我要的树！

热带森林巨大无比，充满动荡，非常人性，高高的，悲剧的，充满了向大地回转的运动。寄生植物也想向上发展。它们选择一棵树,可是到了一定的高度,它们就开始哭喊了,就又蛇行蜿蜒地落向大地。

森林里充满了生机,有大量死去和活着的生灵共存!

森林不埋葬它里面的尸体;当一棵树死去,要倒下时,其他树都在它周围,密集地,坚实地,帮它支撑,而且每天都撑住它。死去的树就这样互相支撑,直至完全腐烂。于是,只需要有一只鹦鹉停歇在上面,它们就会一起轰然倒下,发出巨大的声音,就好像它们还是那么疯狂地坚持自己的生命,带着一种无法形容的揪心感。

因此,在森林里,有着同样多的死去与活着的生灵。只有带着一把大砍刀才能向前走。必须把已死的东西捣碎,才能前行。而且还有所有那些返回到大地的寄生植物。它们几乎就要碰到地,必须剪掉它们。大砍刀向各个方向砍、砸,上面,下面,边上,而且被它打落的,还需要粉碎为好多块,分放在左右。等到中间的一块变得足够平,或者足够低,可以跨过去,就从它上面过去。

树在这里不怕接纳大家庭,过大家庭的热闹日子。它自己的身上有水仙,有五十多种藤类拥抱它,让它死去活来。它的枝条上住满了东西,充满了吊坠。就像中世纪的桥一样被居住,远远望去,有着小虫的柔软和毛茸茸的感觉,以及胡子给人的智慧和思索的外表。

终于见到了伟大的树王。

我不太注重它的名字,是一种附生胶榕树。这里的人称之为"杀树者"。与它的伟大相抗争是没有用处的。

它是王,伟大的王,提供住宿的树,扛起一切的王,带花的王,热闹的王。这棵树王有它的冠。可不是我们到处可以见到的那种翻转过来的碗的样子。不,它的冠由三到五根枝条组成,而且不在同一高度，但其他细小的枝条和树叶可以解决这一问题。它的冠令人惊讶，真的有皇家气派；有时候，它像个十字架，一个放平了的十字架，有时则爆发出来，昂起它总是在挑战的头，而且统治一切。

它非常高，而且，直到一个非常高的高度，只有树干，然后，我们可以感到它开始了某种难以形容的动作，它那挑战的舞蹈。不，还只是出现了一根树枝，但它的风格已经在那里了。

"杀树者"同时也是森林里的大蟒蛇，伟大的窒息者，伟大的掐脖者，伟大的拥抱者，面对棕榈树、茶藨子树、红柏和桂皮树的伟大胜利者。请相信我，这些可不是细小的树，而是既强壮，又高大。

"杀树者"在非常年轻的时候会向一棵树倾斜，靠在一棵大树上，然后生长。渐渐地，它成为大树，围绕着那棵树；渐渐变得更大，围紧那棵树；渐渐地掐它，粉碎它，杀死它，让它成为自己的一部分。

假如伐木者砍下这样一棵树，经常可以在它的中央看到一棵酒葫芦的高高的菌柄，就像是椰子树，或者是一棵柏树，或者其他大树，其木质与人们料想的完全不同。

在这些"杀树者"上空，在整个森林上空，会下雨，倾盆大雨，连续不断，有时连续二十天不中断。

但是，这里与在北方的其他地方不同，根本没有那里的小屁股的云，没有任何云。

一片灰色的天空，浅灰色，很灵活，甚至很光亮。但是该下雨，它就下雨。只要在一片植物园中看看那里的甘蔗有多么粗壮、多么高大，而且还知道甘蔗的习性（它尤其需要潮湿），我们就可以明白，必须落下多少雨水，过滤它，到处流动，到处发出汩汩声，才能让它长成那样。

周一，3月5日

在梅拉的一个香蕉、咖啡、甘蔗种植园内。
在一座竹屋里。

很少有东西将我与外边分开。我几乎就在外面。光线的冰雹，千把利刃朝我刺来。竹子让叫喊声、噪声甚至低语都进入竹屋，假如在另一边，有人靠近竹壁，会让人以为是来向你诉说一个秘密，或者是来偷窥你。竹子也很好地透露出周围的一些动静。

外面是森林被驯化了的部分，棕榈树舒展地展示它们高高的、桅杆一样的树干，好像是在过节。

它被撕裂的叶子，像是从敌人那里抢夺来的破烂旗帜。它的躯体就像是浴过火一样。这就是芭蕉树衰老时的样子。

一会儿以后

棕榈树的芯在最初六个月内都是很柔软的。这其实是它的叶子，它的叶子已经在那里了。它将叶子留在自己的树干中，以备后用。

但印第安人来了，几刀就让它倒在地上，让它的计划泡汤。

印第安人把它的嫩芯煮了吃。很好吃。

也可以生吃。

这里生火主要是用红柏，但是，火要比它红得多，是另外一种红色。

不要试图将它取走，无论这里还是别处。

一会儿以后

艺术家，同行。那又怎么样？

听塞维涅夫人讲二十分钟，即便带着所有的善意——因为她说人们都对她充满善意，包括对她那甜腻的"可爱的女儿"——又怎能受得了。啊，这女人！

当人在晚上听到一个婴儿在哭泣——只有人类的孩子才会那样哭——啊，他们都是我的同类，我明白，可我很想私下小声打听一下，周围有没有一只老虎，可以让他静下来。

* * *

又是一封写给我父母的信。我有什么必要向他们吹嘘自己！这是我的报复方式。他们曾预测过那么多回，觉得我将一事无成。所以，一些伟大的句子开始不由自主地为我吹嘘：

"我住在一座竹屋里，下面是由棕榈树的树干支撑的。就在这里，昨夜，有一只老虎吃掉了一头骡子，等等。"昨天还有很大的收获，进了热带森林，在树枝间有猴子戏耍，还见到了蛇、蝴蝶……

但事实上,我并没有写信。我从来不给他们写信。我很警惕。因为假如老虎吃掉了我的一条腿,假如我在竹屋里患上了胸膜炎,那他们不就更加有理了……

回到瓜达卢佩的农场

周五，3月8日

我们用小跑和快跑的速度（很少是行走的速度）回来了。这样可以不那么累。我的右腿在途中什么也没有抱怨，但这不是它的性格。它变硬、变迟钝了，我感到很痛。于是我就吸很多烟。这样可以抵抗，就像是医用棉絮。我一直怕我的心脏跟不上。那是因为我了解它了，一痛就不行了。然而，在我身上，我的力气在崩溃，我几乎已经什么也不是。还行，我来去都还撑住了。

我们是顶着狂风回来的。马既高兴又快速。它们认路，这条帕塔特山谷对它们来说一定能唤起比我更美好的回忆。上帝才知道，它们是如何看待这趟回程的，也没有人事先告诉它们，也不知它们是如何在脑子里进行筹备的。我们在一阵罕见的大风中回来了。

有时，我的马会在一个转弯处停下（是为了看看地平线？），或者在路边，在一棵龙舌兰的边上，或者是在一块石头边，好像在思考，在回忆，在自问，一个风吹得如此猛烈的地方，是否真的是它的家乡？

瓜达卢佩

在桌边，吃点心，17时半

面包，为旅行者提供的面包。

略微蘸上点茶，过来吧，让我吃下你，我不会对你说什么。你会在我身上找到你的路，直到最遥远的地方，我的痛苦之地。中间可以有许多驿站，供你休息。我相信你。你会看到，这里，那里，会有些荒凉的肉体的区域，那里有无数的小静脉，就像阿拉斯加河流中的三文鱼一样多，在那里叫喊、呼喊，已经连续几个小时了，它们在竭力叫喊，就像狗在夜色中嚎叫，而其他有些静脉已经喊不动了，它们已经干枯了，像水晶一样干，干枯得要裂开，对它们来说，也许已经太晚了。

周日，3月11日

你要我告诉你吗？我是一个很好的泵。最强、最重的压力也不能在我这里持续很长时间。我将它们推开，忘记它们，让位给下面的，接下来的也都一样。人们说我已经存在好几年了。我的生命从来没有超过十五天以上。从一分钟到十五天，这就是我的全部生命。

回到基多
（这里是高原）

周一，3月12日

厄瓜多尔很贫瘠，光秃秃的。
全是骨头！大地是瘀血的颜色
或者像块菰那么黑。
尖尖的路，两边是毛。
上面一片污泥的天空
然后，突然在空中，一座高耸的火山极其纯粹的形状。

美洲式的小夜曲

基多

有时到了深夜,你能看到二十多辆能坐九人的大车,上面挤满了人和嘈杂声,进入一条死寂的街道。

啊!啊!发生新的革命了!警察们飞跑着过来,可是一查,全是有执照的。

好,没问题,警察散了。

于是车门大开,从上面搬下来低音小提琴、大提琴、手风琴、风琴、电池、各种乐器,都是大件的,鼓鼓的,当然还有大堆的吉他。搭起乐谱架,分发乐谱,汽车的车灯将所有的光线都聚集在他们上面。

所有人都看着一个窗户,就那个,快,快。

突然,乐队开始嚎叫,整个街区都会被吵醒。

一曲刚结束,另一曲就又跟上。而且有三个乐队,三个指挥。

然而,窗户边的一道窗帘颤动了一下。看看它是怎么颤动的。一个姑娘就在它后面,这是她的节日。一个姑娘在那里,可没有人能看见她。

半小时之后,乐队的人喝着酒,一哄而散。

于是只剩下赠送她小夜曲的人,一个吉他手,还有一个歌手。

歌手开始唱当地民歌，声音中充满了对爱情的渴望，只有南美洲才有这样的声音，歌词也非常直露。大家开始变得焦虑。姑娘不可能抵抗更久，只要父母说不同意订婚，她就会从窗户跳下去……

有时，小夜曲是在一座完全处在黑暗中、完全封闭的房子前进行的。没有任何动静。没关系，可以朝墙演奏。大伙待在人行道上，仿佛等待奇迹出现的人群。

周三，3月14日，城中

我读书，但读得非常糟糕，不断在拒绝接受，带着仇恨与恶意。

以下就是我读的一篇东西。这是一篇非常严肃的关于绘画艺术的东西，由泽克斯·曼所作的关于画家帕帕佐夫[①]的研究。我读了半天，他不在其中出现，但说的是他。我没有记住任何词、任何想法。只有一些句子。

坦率一点：很平庸的内容。假如内容很好，我也只会让他留下他想法的反面。

内容很糟糕，那就什么也留不下。我经常这样。

下面是改过之后的文字：

结婚以后，他的本能让他吟起了马拉美的诗。

他的姿态与他喜欢与人冲突的特点，使他无以排解。

对他来说，无病呻吟说明他是一个不需要"自我"的男人，一个登记出生记录的阴暗的、打嗝的人。

[①] 帕帕佐夫（Georges Papazoff，1894—1972），保加利亚画家。

他突然停下,将他可供租赁的桅楼对着一片大人物,带着可以将魔鬼都油炸的大笑,嘲笑模特儿。

像朝一辆回答疯子的火车进行探问一样,他的单调没有那么明确,没有喜悦,就像一座没有顾客光顾的火山口一样。……

看不懂?这就对了,我读的所有东西,都在我身上产生这样一个效果:看不懂。所以我什么也记不住。有谁可以记住看不懂的东西呢?

* * *

一些严厉的人大胆地说柏拉图是平庸的,圣奥古斯丁也一样平庸。还有莎士比亚、但丁和歌德,以及所有写书的人。

相反,其他人非常羡慕作家。但他们错了,而且大错特错。

那些人写书,是因为他们乐意。

那些不写的人,那是因为还不够受到感动。也许他们生下来是为了更伟大、更美丽的事业。也许,在他们死过一回以后,或者变成鸡,或者变成喇嘛,或者变成秃鹫,再回到人的生活之后,会写书。或者到地狱去过一次以后,或者在星际旅行过一次以后,总之,终于经历一次比我们的生活伟大得多的冒险之后,可能会写作。

满足于很少的东西的人,真不幸!

而我满足于厄瓜多尔!

我认识的一两个朋友,还有将来会有的其他人,都会认为我平庸，而且花十二法郎就可以得到这一平庸的证据。对他们来说，我"完"了。

凭借想象力写作都已经是平庸的了，更不用说依据外在世界写作！

今天，我悄悄对我自己低声说："你所看到的，你还可以用色彩画出来。"

但我的自我没有接受，在画布上出现了忠诚于我的幽灵与火山熔岩。它们不属于任何地方，与厄瓜多尔毫无关系，不受它的影响。

还好，并非一切都倒下了。

周三，21日，早晨

面对那些看上去明显是愚人的人，我很小心，避免自己对他们作如斯判断。

渊博者、学者是那些接受了的人，而没有接受的人，就是愚人、无知者。

不仅仅是宗教，所有的科学都是帕斯卡打赌的对象。

"先接受这一点，你们就会看到一切都是非常简单的，而且无论如何，都不会有什么损失，即便是假的。因为你会因此得到一些知识，而你原本会在看不到关联的情况下，得不到这些知识。"但是，有些人会反抗，不愿接受这些假设，这些似是而非的理论，这些方法，这些同义反复，从非常协调一致的外表中过于急躁地得出的结论，并因为过早反抗而在后来的认识之路上加了障碍。因为科学是一个整体。

不能过早愚蠢。

到了三十岁，研究完成了，就可以了，可以重新变得简单，并因此而有所发现。

我经常发现，在一些中学里，"愚蠢的"学生们往往能够撞上他们所面对的理论那随机、取巧的一面和一些核心问题。

他们就这些问题问老师。老师又一次向他们解释。但他们还是在思考，而那些聪明人则在旁边讽刺、大笑。

接下来，我发现，后来的学者推翻前面的理论，恰恰是通过那些十五岁的愚人指出的地方。

那些班级上的最后一名，他们只不过是需要另外一种文化，一种天才的文化。

他们当中的许多人就是这样，他们可以通过最简单、最低也最确切的东西，来理解生活。

又如天主教，我在研究它的时候，很不相信那些主教、司铎和神学、哲学课的老师。我觉得他们非常狡猾。而那个在所有考试时、在所有神学问答上都落马的"阿尔斯的主教"①，或者绰号是"驴"的圣约瑟·德·库佩蒂诺②，还有事事都跟人反着来的可敬的鲁伊斯布罗克③，都让我觉得要好得多。他们并不懂很多细节，但对于本质的东西，却一直理解到了精髓中：需要爱的上帝。

"只有疯狂的人，才会在这个世界显得智慧。"④（圣保罗语）

相信疯狂的人，几乎是一种知识界的传统。但我，我尤其对愚人抱有好感。

---

① 原名让-巴蒂斯特·维亚内（Jean-Baptiste Vlanney，1786—1859），法国神父，神秘主义者。
② 圣约瑟·德·库佩蒂诺（St. Josephe de Cupertino，1603—1663），意大利人，从小愚笨，但笃信基督教，1767年被教宗克雷芒十三世追认为圣徒。
③ 鲁伊斯布罗克（John Ruysbroeck，1293—1381），佛兰德斯地区神秘主义者。米肖从小受其著作影响。
④ 原文为拉丁文。

周三，21日，早晨

我相信，在几百年之后，世界将真的变得宽广。终于！人们将与动物交流，与动物说话。看不到这一普遍的运动前景，看不到许多科学尖端的真正意义的人，都是些目光短浅的人。

那时候，人们会自问，在人类文明中，怎么可能留下一个如此大的可怕空白。

到时候，人们会来读我们现在与过去的文学杰作，带着见到一些无辜者时的泪光。同时也带着钦佩，就像有时我们看那些手臂残废却能用脚画画的艺术家。人们会说："什么！他们只能说点男男女女的事情，居然也写了那么多，而且还不错！"

啊！女人！朋友！我们将终于可以爱其他东西。

假如涉及的只是人类，那么，这句话可真是狭隘："你们要互相爱。"能够对一条狗说话，问它究竟在想什么，它不同的印象与感受，甚至让它对我们说它肠胃的产品，该有多好，我真想能够亲历这一刻。一切都让我们感兴趣。这很具诗意，那时候所有的记者、时髦人士、商人都会这样说。但这一切的发生，都会在我已不在世时。

未来的世纪，它们是多么的美好。

愿你们知道，我是多么想与你们生活在一起。

不要以为我像看上去那么封闭，我向你们保证，我会理解的。我非常急切，不断受到将来、外界与伟大空间的呼唤，我会探索。

假如那时候的某个人可以与我留下的某种东西联系上，请他做一个试验。也许，那时候，对我这个人，还可以做点什么。请尝试吧。

不要视我为死者，因为报纸早就报道说，我已死亡。我会比现在更谦卑。那是应该的。我就指望你了，读者，你有一天会读我，我相信你，女读者。不要将我同死人放在一起，就像一个在前线收不到信件的战士。在他们中间选择我吧，让我焦虑，让我快乐。跟我说话，我求你们，我就指望你们了。

人们经常问，为什么这一代的年轻人那么绝望。那是因为他们意识到，自己被出卖了。他们可以隐隐约约地看到伟大的时代，却又不能在里面生活。试问，他们当中有谁不愿意停止他们现今的生活，到公元 2500 年去生活？

当今世界，这一精神状态是全新的；以前，人们不像我们现在一样如此等待将来。

周三早晨，3月21日

女人，我们可以爱她们。但很难钦佩她们。我们面对的不是比我们更伟大的。

至于男人，这是一个被浪费了的动物，很与众不同，但从不和谐。他看上去总像是个单方面发展的人。然而，有时我会想到恺撒大帝的情人①。

这个男人可不是一个低下的男人。为了使得他的生活境界提高，他做了自己能做的一切。他一定能爱恺撒，一定很爱恺撒，因为恺撒是工程师、大将军、探险家、征服者，进入高卢地区，直到北方的国度，因为他威武强壮，男人味十足，头上总是什么战盔也不戴，英武无比。

他的一生是在怎样的一种氛围当中度过啊！有什么样的闺房能够与之相比！

但是，恺撒本人又是怎样看待他男友的呢？这位男友可不能提高他的境界。

---

① 事实上，我并不记得，这是不是恺撒时代的风俗。——原注

周三早晨，3月21日

人类真的只具有很少的可能性。爱情的奉献是伟大的，可它的对象是多么单调，而且没有什么可惊奇之处。

我经常看狗，不是自己有什么变态之处，而是带着沉思。但是，行人带着微笑状监视我，这妨碍我的思想，于是我只好继续赶路。

在哺乳动物中，狗的位置是与众不同的。母狗们对它来说构成了整整一个世界，它一辈子都无法理解这一世界。

它与各种形状、各种身高的母狗接触，有时比它大上十五、二十倍！这里有一条硕大的母狗，它可以毫不气馁。它的色情想象力可以让它进行各种攀登，各种交配。它也会遇到一些侏儒，婴儿一般大。

所以，人们会看到它完全沉浸于这件事情中，哪怕有那么一个虔诚的老女人在这条不知廉耻的狗的脊背上打断了雨伞，它也还保持自己的想法，而且是深刻的、分支很广的想法。

周三早晨，3月21日

面对一座城市，一颗具有某种广度的心只能感到仇恨。再没有比一座城市更令人绝望的了。首先是墙，而且，一切都只是自私、冷漠、愚蠢、僵硬的表现。

我们不需要去了解什么《拿破仑法典》，只要看一座城市，就一下子全明白了。

当我从乡村回来时，从我刚刚暗自庆幸自己获得的宁静中，会蹿出一股愤怒，一种仇恨……

我又见到了人，直立人，只知道攒钱的狼。

城市，建筑，我恨你们！

保险柜的巨大空间，大地上水泥制成的保险柜，带格的保险柜。里面是用于吃饭的保险柜，用于睡觉的保险柜，给女孩子住的保险柜，暗中窥视、随时准备起火的保险柜，而且是那么的阴沉，那么的阴沉……

1928 年 3 月 29 日

保罗·瓦雷里很好地定义了现代的欧洲文明；我没有等到他提供的那些关于欧洲文明的局限的具体例子，就已经对它感到厌恶之极。

我只感觉到了它的漏洞，它所缺乏的东西，所以，在我的童年，我被认为是不会读书的人。

啊！是的，欧洲文明，是的，瓦雷里先生，不管是你们的罗马人、希腊人，还是基督徒，都已经不能再为任何人提供氧气了。

公元 2500 年的人会说，二十世纪的人以为地球是平的。

存在着事实上的信仰与其他信仰。

地球还不是圆的，不，还不是，必须让它变圆。

作家们开始说宇宙。

有时，他们中的一个开始旅行，一直跑到香港，与一个黄种女人睡一觉。然后他就回来了，于是人人都注目他，邀请他做讲座……他了解中国！

同样，那些在鹿特丹与我的船停靠在一起的日本水手，我听他们对我讲法国，泰莱姆教堂，巴黎赌场。直到现在，那情景还历历在目。听他们讲的时候，我的面孔绷得紧紧的，像是一张皮。

1928年3月30日

　　昨晚，我吸了醚。仿佛一下子被抛到了空中！多么宽广的景象！

　　醚的效果飞快，同时让吸它的人变伟大，变得难以把握。吸它的人就是我。并在空间中将此人延伸、延伸，毫不吝啬，没有任何可比性。

　　醚以一种火车的速度到来，而且是跳跃着、跨越着到来的：就像一把以悬崖峭壁为台阶的梯子。

　　就这样，在安第斯山脉，一只巨大的鸟儿展开翅膀，攀上大气的层层阶梯。

　　然而，我的脚与腿，仿佛在那里一滴一滴地留下了我的物质重量，开始远离我，在我身体的另一端渐渐变成橡胶。

　　而在我嘴巴上，出现了另外一张冰冻的嘴。

1928年3月30日

城市对年轻人来说,是一个练习仇恨的良好场所。

可基多!那就是窒息。

整个地球在这里拱起。它一下子拱起了二千八百六十米,但还不是一座山,而是一道沟壑。二千八百六十米海拔上的一道沟壑。

在这道沟壑中:基多。

这道沟壑,有山脉和火山的护卫,事实上并不狭窄。

可人们又将它堵住了。

印加人(不知是出于战略、崇拜还是什么利益)筑起了一座人工的山①,叫帕内奇洛。它将沟壑堵住、封闭,拒绝了地平线。

你会说,总有街道吧……

但是,在街道的尽头,总是有帕内奇洛。让人脖子酸痛的帕内奇洛。

你会说,那街道本身呢?

问题就在于,在基多,没有街道。只有室内的厅。在大厅里面,人们在互相致意:"夫人,我亲爱的;我最最亲爱的,下午好;

---

① 这一说法没有事实依据,但在这里,人们都这么说。——原注

您好,非常高兴……"①大家都永远在相互致意,别指望可以停止,而且根据这里的风俗,互相还拍拍肩,互相还拥抱。就像酒桶一样地晃来晃去。撞在一个人身上,又从他身上,撞到另一个人身上。甚至在一公里远的地方,年轻的姑娘们就会远远地发现你,而我恨她们所有人。于是,我冷漠地走路,像一架机器那样不长眼睛,又像是身上散发着臭气。

而且在这座城市,没有流水。

---

① 原文为西班牙语。

1928 年 4 月 1 日

接待我的主人家的房子要有大的改动,来问我的意见。我很高兴,我有想法,我喜欢做事、创造。做凉廊、房间、家具的设计图。改变物体、摧毁物体,让人重做,移动它们。改变摩尔人、西班牙人风格的墙,改变喷泉,改变美国人种的核桃树、柏树。用蓝色彩釉的瓷砖、镶嵌画和母牛骨头做装饰。

我与我的朋友一起工作。他的房间已经做好了。

于是,今天有人指着不远处对我说:"那边是你的房间……你看,在两个凉廊之间,非常明亮……"

我的房间!我的房间!

真神,一个人可以很快出好多汗,同时马上就觉得冷。直到现在,人们还没有好好研究这一速度。我的房间!什么!建我的房间!让我在随便什么地方住吧,睡地上。我的房间!他们想让我一辈子都待在基多呀。

金钱!金钱!有一天我会谈到你的。在这个世纪,谁不能说一说他对金钱的看法,谁就不是诗人。往前看,往后看,我的生命都在这一枷锁当中。

但是,还是安静下来。可能这与醚和阿片酊的效果有关。可能是额头上铁箍的感觉，把人们对我说的话过于强烈地解读了，好像是对我的一种审判。不，这里的人可不是欧洲人。

  美洲人建起一座宫殿。过一段时间后，他雇用一名看门人，把钥匙交给他，然后就走了，之后也不会出什么问题。

  但我的朋友在他的图书馆里放满了给他和给我的书。

  这就严重了，严重！他问我要哪些。我回答说：一本也不要。

  他不理解。又去订了一批我肯定会喜欢的书……

  事实上，他是我非常好的朋友，患难之交。

  但我对于他呢？

  一个人可以成为一个叛徒的朋友吗！

  这就是了解我的钥匙：叛徒。你得到了这一钥匙。

周日早晨，4月3日

基多，一个冬天的晚上。吸醚的人，大门紧闭，在牛奶般的烟雾中，听到警察的哨声……

（先好好记住这点，以便将来再提到：基多的警察，从数量上来讲是世界上独一无二的，在晚上城市上空发出的警哨声之多，也是独一无二的。）

在一个冬夜，吸醚的基多人听到了冰冷的警哨声。发生什么了？什么？有什么需要如此悲怆、如此揪心的声音。

然后，时间就过去了，大片的、瀑布般的时间。

无穷。

但此时，就好像有人要剥去我的紧身衣。

"Quiere un poco mas？" ①

我的面前出现拿醚瓶的人，他又倒了一点。啊，原来只是它，无穷！啊！然而，浓雾又攫取了我……

无穷……至少是无穷。谁要想……那他就彻底错了，因为，是，我……

---

① 再来一点？——原注

速度……
远离……
水……

第二天

　　厄瓜多尔地区主要是由它的海拔和它在地球上的位置所决定的。在海拔上，它从中部的六千二百米，一直降到零，而它的国名已经部分地显示了它的位置①。

　　最高处，是雪与冰，许多火山的顶。中间过渡的区域（三千米左右）依然寒冷、陡峭。坐缓慢行驶的火车半个小时，就到一个滑雪站，可以吃到刚刚摘下的新鲜橘子。有大量苍蝇来叮咬。外套不能再穿了（因为已经下到了二千三百米）。再坐几分钟：甘蔗；再到几百米的下面，有菠萝、香蕉树、各种棕榈树、猴子、鹦鹉、伤寒与疟疾。

　　中间的过渡地带是居住人最多的，最文明，包括首都与大部分城市。这是一片条状的领土，像塞尔维亚那么大，剩下的有法国那么大。

　　（厄瓜多尔、哥伦比亚和秘鲁的政府在领土大小问题上并不一致。它们的不同算法可以相差十万平方公里。）

　　高原上的厄瓜多尔人对自己的国家有一种门的内哥罗人的心

---

① 厄瓜多尔的名字有"赤道"的意思。

态，仿佛只存在它的条状领土。剩下的都意味着神秘与危险。

"东部"，一个厄瓜多尔人说起这个词，就像是说起巴黎，两者都是危险的，不可企及的，也许还是美妙的。

多数厄瓜多尔人从未到过东部。那无疑是他们国家最富裕的地方。但你知道，所有国家的劳作者都是一样的，而厄瓜多尔是一个农业国。

保守、顽固、不大胆。而且在美洲，他们是最不像美洲人的，最接近欧洲人，谦逊、内敛，给人感觉"小气"，不年轻。

* * *

很难确定厄瓜多尔的气候。在高原上，人们习惯说——而且很对——一天中有四季：

夏天的早晨。

春天的中午。天开始阴。

下午四点，雨水。凉快。

冬天的冷而明亮的夜晚。

所以，假如要在外面待好几个小时，穿衣便成了真正的问题。

我们可以看到一些绝望的人在出门时会带上草帽、麻布上衣、毛皮大衣和雨伞。

周一，4月4日

今天，出发去普恩波。

又一次穿越厄瓜多尔的一部分领土，充满峡谷的大地。你会朝这些巨大的裂缝俯身下去。这里面该咆哮着多少水量啊！什么？你向前俯身，原来只有公鸡尿那么一点水在流。这里的土地是那么的软，假如你将一勺水洒在山上，也会流出一个一米多深的坑来。有时会遇到一面巨大的悬崖，但在上面有些土，甚至有人还在上面建东西。在基多，就有两条长长的峡谷，六米的表层土，三十米的悬崖。下雨的时候，有轨电车也停开了，人们眼睁睁地看着土在下塌。也许还可以撑住一定的时间。

有时，在一条街上可以听到急流的水声，仿佛很远，但非常清楚。起先你什么也看不到，你的旁边只是个小洞。你下意识地捡起一块小石头，扔下去。要想听到声音，必须等上好几分钟，你可能都想走开了。你感觉到自己整个被下面攫取了，每跨一步都在探索，你用单调、愚蠢的声调对自己说：

陆地……陆地……

周一，4月4日

  厄瓜多尔是笔直而僵硬的。早晨五六点钟的时候，太阳在地平线上很低，还有阴影，只有在这时候，厄瓜多尔才会没有了它的僵硬感。

  黑暗像在我们国家一样，坠入沟壑，山脉使得平原变柔，行走的人们在身后拖着比他们更慵懒的阴影，甚至火车的车厢看上去也变软、倾斜、漫不经心了：那是阴影，阴影。

  但这很快就结束了，太阳高高升起了，很快，它就直射，冲破所有阴影。很快，只有在你脚下，才会有一丝阴影，人们就回到了厄瓜多尔让人无可逃遁的公正之中。

　　　　　　　普恩波，圣约瑟的庄园

　　非常含蓄的美丽：一座非常美丽的公园的遗址。

　　我非常喜欢，直入我心。

　　但我的朋友对这里太熟悉了，在一边计划这、计划那的，还问我的想法，还把我喜欢的花园弄得乱七八糟。

　　那么多的鸟！而且都是我从未听过的歌声。听它们的歌声，感觉它们看到我们很高兴，向我们发出持续的呼唤。但我的朋友对这里太熟悉了，拿起装有泥弹丸的吹管，打昏了一只美洲麻雀。把它捡起来，关起来，但看管的短工没有注意，又让它跑了。

　　这里的一切都放任自流。甚至连狗的名字都已经被人忘却。然后是吃饭，然后是下雨，然后是睡意，睡眠，然后——看来这真是此地消磨时光的手段——大家又开始拿起吹管来，泥丸能吹得老远。一个下午，他们打死了两只蜂鸟。

一只鸟之死

它的色彩多美。

我把铅弹射了出去。

它好像犹豫了一下,然后掉到了一片大大的棕榈叶上。

我把它拿在手中。它是这样的:黄金色、黑色、红色。

我抚摸着它,展开它的翅膀。我仔细察看,看了很久:它身上没有任何伤痕。

它一定是因震惊而死。

普恩波，周一，4月5日

你的脸上全是疙瘩，头很痛，心脏跳得过快……全身乏力，好像是要断掉了一样，好像身上已经没有纤维或其他东西可以让身体的上下部分连接在一起。你认为是严重的食物中毒。你过了痛苦万分的一夜。第二天，你宣布什么也不吃了，而且认为直接原因来自玉米饼，或者是那些厄瓜多尔特有的汤。有人好好观察你，对你说：

"没有，是蚊子咬的。"

"怎么会是蚊子？没有蚊子呀。"

他带你到外面。你什么也没看见。

"就在那里。"

"但我什么也没看见啊！"

"小心，又咬你了。全身都是。"

你狐疑地看着自己的手。啊，真的，可你什么也没有感觉到。这里的蚊子，连翅膀、爪子一道展开，都没有一毫米长。

哪怕你用尽了力气去感觉，你也感觉不到这些叮咬。然而几分钟，就让你面目全非。

我生来身上有洞

基多,4月25日

吹着可怕的风。
只是在我胸膛上的一个小洞,
但里面吹着可怕的风。
基多,小小的村庄,你不适合我。
我需要仇恨和渴望,那才是我的健康。
我需要的是大城市。
大量消耗渴望。

这只是我胸膛上的一个小洞,
但里面吹着可怕的风,
在洞里,有仇恨(总是有),也有恐惧和无助,
有无助,而且风很密集,
像旋涡那般强烈。
可以折断钢针,
而这只是风,一种虚空。
对整个大地的诅咒,对整个文明的诅咒,对所有星球上所有生
　灵的诅咒,由于这虚空!

他说过，这位批评家先生，说我没有仇恨。

这一虚空，便是我的回答。

啊！我的皮肤之下，多么难受！

我需要为了奢侈、统治和爱，为了外面的荣耀而哭泣。

我需要透过窗户的格子去看，

窗户与我一样虚空，什么也留不住。

我说了哭泣：不是，是冰冷的钻孔，不停地钻孔，钻孔。

仿佛在一条山毛榉做成的栅栏上，两百代的小蛀虫传承了这一
　　遗业："钻孔、钻孔……"

位于左侧，但我没说是心脏。

我说是洞，就是它。它是愤怒，我没有办法。

我有七种或八种感官。其中一种是：缺失感。

我触摸它、抚摸它，就像人们触摸木头。

但更应该是一片大森林，在欧洲已经消失很久的。

这便是我的生命，依赖虚空的我的生命。

假如这一虚空消失，我就寻找自己，我神魂颠倒，那就更
　　糟糕。

我建立在一根缺失的脊椎上。

假如基督也是这样，他会怎么说？

有这样的疾病，假如治愈了，人便什么也不剩下。

他会很快死去，会太晚了。

一个女人是否有仇恨就够？

所以爱我吧，好好爱我，告诉我，

你们当中的任何一个，给我写信。

但这一小小的生灵是什么?

我不会长期见到它。

两条大腿,一颗大大的心,都不能填满我的虚空。

甚至盛满英国和梦想的眼睛也不能,

甚至一个带来充盈和热量的歌唱的声音。

战栗在我身上能随时找到冰冷。

我的虚空是个大吞食者,大粉碎机,大消亡者。

我的虚空是棉絮与宁静。

停止一切的宁静。

星辰的宁静。

尽管此洞很深,它没有任何形状。

词语找不着它,

只在它周围戏耍。

我一直钦佩,那些认为自己是革命家的人互相觉得是兄弟。

他们带着情感互相说起对方:情感像一碗汤那样流动。

我的朋友们,那不是仇恨,是明胶。

仇恨永远是硬的,

它打别人,

但也一直从内部剐你,

它是仇恨的反面。

而且没有药方。毫无药方。

恶心,还是死亡降临?

4月27日

我的心脏,投降吧。
我们已经搏斗够了,
让我的生命停止,
我们没有做懦夫,
我们尽了力。

啊!我的灵魂,
是走还是留,
你要赶紧决定,
不要这样测试我的器官,
有时那么关注,有时又心不在焉,
你是走还是留,
必须决定。

我已经不行了。

死亡之主啊,

我从未诅咒你，也未为你鼓掌，
怜悯我吧，那么多次不带行李箱旅行的旅行者，
还没有主人，没有财富，荣耀也去了别处，
你是有力的，尤其很风趣，
怜悯这个惊慌失措的人，他在越过边界之前就已向你呼喊他的
　　名字。
就此要了他吧，
然后，让他适应你的性格、你的风俗，假如他还成器的话。
请求你帮助他，我求你，帮助他吧。

5月1日

今晨一封信。有人对我写道："你会怀念厄瓜多尔和印第安人的！我在柏林博物馆见了他们（的蜡像）。他们身上真是充满了诗意！"

我曾经说过，我厌恶印第安人。不行，我得做个聪明的旅行者，一个寻求异国情调的人。"我面对的是一个宝藏！"然而我说，我厌恶印第安人。成为地球的公民。公民！地球！"印第安人"，"印第安人"，你们想拿他们来吓唬我。印第安人，不就是人嘛！与所有人一样的人，谨慎行事，没有起点，没有终点，不探寻，一个"就这样"的人。(至于说我会习惯的……)这些人没有他们崇拜的圣人，而且，我与这些短头型的人有什么方式可以进行交流？

让我把态度一次性地摆明：那些不能帮助我完善的人，等于零。

5月2日
患病（黄疸）

当一个人开始到处用"恶心、让我厌恶……恶臭"等字眼时，是个不好的兆头。如果一个小说家突然有一天开始让他的人物毫无先例地出现呕吐之类的情况，那么也一样。

起先，人们对我说，那是因为我的动脉力量不足。我相信有一部分道理。但需要解释的是，为什么会持续地厌恶，而且好像生活远离我了。现在知道了，因为我得了黄疸病。

* * *

总是想呕吐。

十天前，我在普恩波。那里有一条狗的味道。而且这条狗还很大，很忠诚，很礼貌，长长的白色鬈毛，雪一般白。总是跟在我后面，像个管家，从不在前面走。在公园里，它很漂亮，颇有礼节，眼睛非常温柔。

好，现在这条狗的味道来了。这条狗的味道在说："妈的……臭东西，我要粘住你，我要把你推翻在地，扔到一个由干肠子、唾沫铺成的床上，而且你少给我啰唆。说到底，我们都是平等的……"它的味道一口气说了那么多,而且还有更厉害的。我看着那条狗,一脚踢过去。我真想杀了它。它跑开了,带着它那些云一般的肮脏想法。

　　远远地看去,它的眼睛里依然透着忠诚。我开始呼吸。渐渐地,它又靠近,不知不觉地,又将它的那袋子腐尸扔到我头上。"啊,臭家伙,滚开!"于是它又走开,到远处躺下。有时,在我与它的距离不够远的情况下,正好风向变了,或者来了一阵过堂风……啊,这味道,这是一个什么样的厕所啊!……

　　然而狗睡着了。在这样一个时刻,我不敢踢它,也不敢咳嗽吵醒它,然后再揍它。不,是我逃跑了。跑了半天,才见到乡村。

5 月 10 日

对我来说，在贞洁状态中，有一种类似毒品的效果。那就是：快速的运动，愤怒，还有恐惧，音乐感。当我动作慢下来的时候，我就像是个画家，我愚蠢，什么都接受，任人为所欲为：那是我在女人之后的原罪。"于是他们看见了，因为全身赤裸。"① 在贞洁状态中，我的语言跟不上我。我会想象各种事情，其速度之快，据说人在快被淹死之前都会这么快地想事。假如我在那些时候写东西，做不到。永远都只能是一些简述。然而，可惜啊，那是我最清醒的时候。

---

① 原文为拉丁语。

基多，5月23日

一个来自卡斯蒂利亚地区的剧团来这里表演一批小歌剧作品。整个城市都变了。

艺术家们都上了街，带着那种妓女的眼神，那种试试自己运气的眼神，相信机会，相信接触，总之在相信什么，从而鼓励我们去相信。在基多，并非一切都是一直以来就设想好的。

5月10日

一个圆润的词,而且几乎涵盖了我所有对亚洲的看法,在我青年时期,成为一种梦牵魂绕的东西:鸦片。我现在尝到你了……你不属于我一族。

这种不带超级力量的完美,对我来说什么也不是。醚更好,更基督徒一些;将人从自我中拉出来。

鸦片留在我的静脉中,并在里面放入满足、自满。

很好。但这对我又有什么意义?反而让我窘迫。

而且,我的神经要是被窒息了,那我还剩下什么呢?

5月18日

会施魔法的马……

不行,这一四足动物所缺乏的能力,正好是有关动物智慧的最严肃的反证。(在有些动物身上观察到的催眠现象,几乎只是最简单、最基础的。)

6月18日

昨天,有个人在萨瓦见到我在喝开胃酒。大约三个月前,有人向我介绍过他,事后我就忘了,忘记了他的名字。

他拉住我的手臂:"跟我来吧,这个家不适合你。对你来说,需要空气、疯狂和女人。我理解你,走吧。"

然后他把我往楼梯那边推,快速地将我介绍给一大堆女人:"这是M先生,著名的法国作家……"又在我耳边说:"好女人,你知道,很好。爱情好啊。"最后把我带到他的车上,尽管我多次推脱,说我意不在此。

他继续说:"我要把我的马送给你。我们到时候出发去我的庄园,到草地去。你会感到非常有趣的。"

我问他:"是不是科托帕希山的草地?"那是距离最近的一个。

"不,比科托帕希山要高,"他毫不犹豫地回答说,"在那里,你会很强壮……骑马狂奔……"

我必须知道他的姓名。"阿尔贝托。"他说。我认为那是名字。

姓呢?"拉雷亚。"啊!他就是"疯子"拉雷亚。

在城里,人们只知道他的这个绰号"疯子",是最有名的,因为他大胆无比,什么都疯玩,喝酒、斗牛、开快车。

"我给你看我的车。"

那是一辆跑车。就在城中心,他开始快速驶过拐弯处。每一次都会离开道路,上人行道开三四米再下来。

阳台上出现了一个姑娘,情绪激动。

"您这样会撞死的。"

很快,他与她订好了约会。我们重新出发,又开始快速行驶。

看完赛牛之后,我们在车上有五个人。两个在后面。前面是"疯子"和我。右边是个陌生人。

我们又出发了。我要求开快。后面他们在哀求:"别那么快!"在拐弯处,他从来不减速。我右边的人试图握紧手刹。我用力阻止他。他对我说:"可见您不了解我们的'疯子'拉雷亚。他是真疯。您不知道,如果听任他胡来的话,他会做出什么来。"

我以我的全力搏斗来回答他。

我们跳跃着从一条路的边缘转到另一条路的边缘,就像一条被分配不均匀的狗拉着的雪橇。我们坠入转弯处,就像掉进虚空中。我说:"好,太好了……继续,再快些。"

我右边的人伸出了舌头。"看见没有,我病了……"他说。他要去改乘有轨电车。

一回来,他就对我说:

"M. 先生,我跟您坦言,我从来没有在这辆车上见过一个敢于刺激'疯子'拉雷亚的人。您打过仗吗?""没有,倒是进过监狱。"我强忍住笑回答。但我感到很窘迫。我是个像敢死队员一样过日子的人,而且不断在寻找新的危险。但没有用,我看上去总像个懦夫。

* * *

晚上，我们在马哈奇。汽车既没有车灯，也没有车内灯。一支快没电的手电筒光照着红色的发动机罩。排气管发出了雷鸣般的声音。它好像在推我们，在鼓掌。它保证我们能过去。我们以七十迈的速度在开。我到处只见到黑暗。有时，有那么几分钟，一小块月牙露出来，但一块幽灵般的云很快就会让它缩回去。"疯子"对路非常熟悉。他突然向右拐，或者向左拐，而他已经是半醉了。我想，这回完了。是撞上树还是掉进沟里？我缩成一团。没有，路与我们在一起转。还有桥。到了上面才看出是桥。"疯子"马上将方向盘把正。这里的桥都很窄。很快，我就感到完全自在了。我还是看不见路。我们几乎想象自己是在乡下的田野里。

在北方的路上。基多。卡云布,翁塔瓦罗,伊巴拉。圣胡安,在翁塔瓦罗的大型印第安人节日,持续十五天,没有中间休息,一直是醉态。

7月5日
在路上,下午1时

厄瓜多尔很大。那就让它展示一下它的大。
在基多的周边,有一种树木的"我想要成为树,又不能"的状
 态,只能给人制造些不安。
但到了北方,它说:
"我赤裸裸,是的,
黑色加空虚,是的,
没有树,没有,
没有桉树,没有,
除了几株平平的龙舌兰,就什么也没了,
大片土地的隆起,是的,
谁要是不高兴,就去别的地方。
就是这样。"

圣保罗湖

下午4时

你的水应当不重。
但你是那么的幽暗。
湖水一般都是喜悦,
承载小船与欢笑,周围都是小屋。
但你,你是多么的幽暗。
在一千二百米的高度,
在粉红色的地方,我们想象应当是这里的湖水。
但是,你那么幽暗,甚至你很低。
它统治着你,因巴布拉山。
它统治着你,羞辱你。
紧贴着你出发,向上发展,高出那么多,
因为它是一座大山
(不说它是一座大火山),
它对你说:"井!"它对你说:"脚趾!"
它在山顶涂上彩色,
只留你去测量它的阴影。
啊,悲伤,啊,幽暗!
啊,湖啊,河鳗的颜色!

7月7日，翁塔瓦罗和圣佩德罗

印第安人，不论是这里的还是别处的，尽管在舞蹈，在醉酒，尽管衣服色彩鲜艳，却在脸部表情上、动作中，不显示任何快乐。于是，了解美洲的瓦弗兰侯爵对我说："只有那些没有受到白人压迫的印第安人，才会笑。"

周六，回程

厄瓜多尔是一个展示土地的国家。

很少有国家，我们可以这样说。

很少。欧洲到处是由砖房、房顶、瓦片组成的小小的欢笑声。

而且，欧洲大地躺在绿色的、密集的、新鲜的、欢快的、巨大的植物层之下。

厄瓜多尔的土地是褐色的或者黑色的，或者是皮革的颜色。这就是它风景的颜色……不许其他任何东西来改变它！

首先，房屋就听从了命令，它们也是土砌的，房顶用的是褐色的草。

接下来是玉米。玉米不像小麦，不像甘蔗，玉米是褐色的[①]。

远远地，你会说："这座山光秃秃的。"然而它并不光秃。它被非常密集的玉米覆盖着。但是，它看上去就像被火烧尽了一般。仿佛只剩下了焦味和根。

接下来是龙舌兰。从土地中出来几片大大的叶子，是开花的形状，多茎，灰色，像狗一样高。那就是它。麻风病人般的桉树也

[①] 确切地说，在这里，一年的三分之二时间内，它是褐色的。——原注

不会发笑，印第安人吃的面包也不欢快。但幸好还有印第安人的披风。那是印第安人的大衣。几乎是方形的，中间有个洞，用于脑袋，两边落下，覆盖住全身。这一身披风可以是橘黄色的，或者深红色，或蓝色，或紫色，颜色亮丽但很严肃。面对褐色，它肯定是一种胜利，但那是一种宁静的胜利，没有吹嘘，没有玩笑。

而且，在一道需要以公里来计算的地平线上，一些一平方米左右的胜利又能算什么呢？就像是在一片葡萄园中蚂蚁的智慧。尽管它们聪明、勤劳、挑重担，但人们见到的，只是葡萄园。（我这是为那些并非蚂蚁专家的人说的。）

安第斯山，安第斯山！人们开始梦想。但是，这里经不起任何抵抗。没有一块岩石。如果发生什么，里面有什么可以经得住？只不过看上去是紧凑的；只是一堆备用的土，以备万一缺土时之用。有褶皱，有鼓起，有起伏，但每一道起伏有三十公里，而且经常在一道风景中有九到十个起伏。

在这片风景中，它们并非一切。

在这片风景中，人什么也不是。有十道起伏，却有千层云。

厄瓜多尔的云无与伦比，美丽的厄瓜多尔的云！它几乎填满了整道地平线，不在任何形状前让步。从色彩角度来讲，它们并不大（有时你可以看到一块小云，比橡皮还要小，在天空的一角，非常紧凑，闪亮，无穷变化，不顾身边的任何风，就像是墨水泼出的一样，而其他云都已经在扬鞭策马、紧赶慢赶了，在远方翻着筋斗），从色彩角度来看，它们有着各种色调，各种成分，它可以挑战大地上的任何云，甚至大海中最奇妙的云。

突然，也不知道怎么回事，到了下午六点钟，就什么都停止了。一朵云也看不见了。接下来是一个布满星辰的天空，非常纯，很密集，几乎到处是星星的芒，而天空要比大地大上不知多少倍……

星星并不照明，但对任何一只朝向它的眼睛，它都发射出它的光。

一匹马死了

> 瓜达卢佩的庄园，靠近佩里列奥
> 安巴托，早晨6时，7月11日

我们刚刚出门，
突然它死了，
它想跳跃，
于是就死了。
我在前面行走，
我什么也没能看见，
然后古斯塔夫追上了我。
"你的马呢?"我惊讶地问。
"是这样，"他解释道，"它想跳起来，
突然就死了，
我差点没能解脱出来。"
啊！然而我们很着急；有人在下一站等。
必须快跑，人们来了，这是卡车。
必须马上就接着出发。
古斯塔夫很窘迫。并非他的错。
马先颤抖了一下。它随后就倒下了。

我们在后面,两腿分开,在外面
路出现了上坡。
"看这片污迹,是它
那里:它死在了两条路的交叉处。"
路越来越高。
然而,一朵大大的云向山谷落去,
不断下坠,已经在我们底下,
它开始工作,颇有战术
很伟大,
埋葬死去的马,
在几公顷的白色之下,高度和宽度
随着它,所有活着的马,
小马,所有种类的牛和羊
还有农场,包括它的浴池,它储存的烧酒。
我们越过了一道山口,
我们离得越来越远,
是在那一边,马死去了。
古斯塔夫不知道它死去时眼睛是张是闭
他觉得,是半张半闭的,
第三站,还要赶路,火车要开走了。
于是古斯塔夫……Un gran caballito,他说,就是这些。
(意为"高贵的马""可爱的小马",以及他对它的感情。)
是的,每个人都这么想,而且想得更多,但是,如何适宜地表
   达对一匹马的感情呢?

麦子颜色的马，牛奶与风的羽毛饰，
永不宁静的马，带着总在否认的不断在掘、刨的头，
在抗议，在拒绝服从，尽管如此还是要重复，
出现无法隐藏的暴力的意向，我们走着瞧，
总在探究空气的神秘，
在空气中漫游，太轻的空气支撑不住它。
总是被空气背叛，但总是在游动。
带着那么让人感动、那么无用的勇气。
甚至其他马都带着某种神态才靠近你。
一匹高贵的小马，就这样，它死了。

从那里开始一直延伸到太平洋海岸的热带森林

周日，8月5日
从萨罗亚出发

这里的树不管大地，
必须从里面出来，要快，
要向上发展，因为这里窒息，
它就向上走。
没有树枝，没有花，没有嫩枝，只有直接的树干
假如来了一条树枝，它粘在树干上。
与它一样像箭向上。
所以它向上。
美洲狮、黑狐猴向上，爱神木树向上，金鸡纳树带着它的奎宁
　　向上。
香树带着它的香，龙血树带着它的血
惜比古树到达上空时全是白色，它们在向上
当它们不行的时候，
到达了他们高度的极限时，
当它们终于放弃，开始以叶子的形式伸展时，
它们都几乎是在同一高度，

森林显得那么统一。

就像在百米赛跑中,突然所有的运动员一起起跑,大家都只有一个念头,比其他人更早到达,于是有先到的,伟大的冠军,伟大的接受鼓掌的人,世界纪录的保持者,真是了不起,然而你睁大眼睛,你彻底惊讶。怎么可能?怎么可能?在四分之一秒时间内,他们都一起跑到了终点。①

---

① 甚至连蕨类也知道必须改变自己的性格,改变四散、招摇的习性。它也向上竖立,闭紧自己。——原注

　　　　　　　周五，10日，厄瓜多尔的国庆日

　　第二天，作者尽管心脏不好，还是决定爬上阿塔卡卓火山，海拔四千五百三十六米；他不吃饭了，他病了，然而，是他自己主动提出的。

　　　　　　　　　　　　　　　　　　　15时

我提出，大家作了决定；太晚了，我的心脏，你发言已晚；
时间不会持续太久，不会太累，我会骑马上去；
而且是明天。今天没有问题。
为什么从现在起，你就开始无力，让我苍白？
为什么你开始耍孩子气，开始气馁，开始让我大大虚弱？
我既不与你玩命，也不与自己玩命，我对你们两个都了解。
但我决定要看阿塔卡卓的火山口。

在阿塔卡卓的火山口内海拔四千五百三十六米

周六,8 月 11 日

啊!啊!火山口,啊!
我以为比这可要更像回事……
啊!

我真的想见到更像回事的东西……
火山口?真的吗?啊!……
我们有习惯,要求更像回事的东西。
这片类似欢笑的山谷的地方算什么?
这欢笑在这里做什么?
这些低矮植物的日本花园,这一被平整过的草坪
(是因为气候不好,我知道,但又怎样?)
这些花坛的边?这些苔藓?
这一温柔的内部,这一供人躲藏的地方,
这一远足的景致,这一春天?
我们来这里不是找春天,
我们来是找火山。

然而，外面吹着强劲的冷风，诉说着海拔的高度，好似透过一个窗户。在圆圈形的火山沿，有过愤怒的喷发，冷风带着所有它遇到的云，不断将它们带给火山。

周日，8月12日

真的很奇怪，这颗心脏。我没有感受到高山反应，然而，在欧洲，十几个医生都说我的心脏不好，回到欧洲后，好好跟他们说说。

后天，攀登科拉赞山，四千八百零六米高，高出这里二百七十米。到时候再看看会怎么样。之后也许可以去科托帕希山（五千九百六十米）。

在普恩波

周三，8月29日，晚上5时

今天在基多作决定，我是否通过亚马孙河回欧洲。

坐独木舟下纳波河，直到伊基托斯，亚马孙河上的秘鲁港口。会从那里坐船，穿越巴西直到帕拉，大西洋边的港口。

如果是的话，我必须在三个星期之后出发，因为这一旅行时间很长，头一程路途不太安全。假如走成的话，这段记下的话会显得很愚蠢，因为它没有自发性，但假如走不成，至少这一段文字会留下。

* * *

我不久就必须走。

晚上 7 时，骑马

厄瓜多尔，厄瓜多尔，我一直都在想着你的坏处。

然而，当人快要离开的时候……而且是像我这样在今晚明月高照的情况下，骑马回到农场（这里的夜色总是明亮的，不热，适于旅行），后面就是科托帕希山，在 6 时半的时候还是粉红色的，现在已经只是暗暗的一团……可是，我已经好几个月不注意它了……

厄瓜多尔，你怎么也是一个了不起的国家，而我自己，我又将成为什么样子呢？

我将回巴黎。当一个人身无分文地回到巴黎，那么，从巴西回来、穿越热带森林都没有用，我已经可以感到悲惨的前兆与痉挛。不知不觉开始为一到巴黎就必须找的带有跳蚤的房间而犯愁。我可知道巴黎，我可了解巴黎。

这，至少是必须说上一次的真实情况。

周四，9月6日

说起来，关于这次出发，总应该事先知道些什么；说起来，"是"与"否"是很容易回答的；说起来，这样一趟旅行，包括四天走路，六天骑马，三十天坐船，而且要经过并不安全的野蛮部落，经过疟疾区和蛇出没的地区，总该可以准备一些具体东西吧，尽管我也承认，在二十四小时中，我们可以做许多事情。

说起来……说起来……说起来……

我有一天会描绘厄瓜多尔人的性格。

周三中午，9 月 12 日

下午 4 时，我们必须付钱给挑夫的头子。

7时

他们是5点钟从基多来的？新情况：我们需要等古斯塔夫。因为我们要与他一道，走头四天的路，我们必须一直等他到25日。假如已经付了钱给挑夫的头子，也至少是做了一件事，可是没有。他是后来才到的，结果见到了我们满脸失败的样子。

周四早晨

　　现在我的信念已定。这次旅行是件蠢事。旅行并不一定让人变得胸怀宽阔，可能只是变得更加世俗。显得什么都见过，有意思的东西全涉猎过，而且还得过奖，带着属于某个选美评委的愚蠢神态。

　　而且还让人觉得非常善于处理问题。这也不好。随便朝一面墙上的挂毯盯上四十八小时，也可以发现真理。

回　忆

此时，我完全迷失在由两条手臂形成的地平线中。

（在出发的前夜，旅行者往后看，仿佛失去了勇气。）

像大自然，像大自然，像大自然，
像自然，像自然，像自然，
像绒毛，
像思想，
从某种程度上也像地球，
像错误，像温柔，像残酷，
像不真实的东西，不停地钉入深处的钉子的头，
像再次席卷你的睡意尤其是当你在想其他事情时，
像一首外语歌曲，
像一颗疼痛却依然警觉的牙齿，
像在凉廊上伸展树枝的南洋杉，
它形成它的和谐，无须向人交代，无须作艺术批评，
像夏天的灰尘，像一个颤抖的病人，
像落下一滴眼泪并以此清洗的眼睛，
像重叠在一起、使地平线缩小但让人想到天空的云，

像一个火车站夜晚的灯火，当你到达那里，不知是否还有下一班火车，

像"印第安人"这个词，对于一个从未到过在所有街道上都可以见到大量印第安人的地方的人。

像人们所说的关于死亡的话，

像太平洋中的一道帆，

像下雨天芭蕉叶下的一只母鸡，

像极度疲劳后的抚摸，像一个长久的诺言，

像在一个蚂蚁巢中的繁忙运动，

像一只翅膀，而另一只翅膀已经在山的那道坡，

像混杂，

像骨髓，同时像谎言，

像翠嫩的竹子，同时像压碎了竹子的老虎。

最后是像我，

更多是像不是我的东西。

碧，曾经是我的碧……①

---

① 碧，米肖在旅行前留在欧洲的女友。

推迟到 25 日出发。

周四

周四中午

推迟到 28 日。

最强的搏斗,是与家里请来的医生。他像一个聋子一样叫喊,说他不对我的死负责……他说,我的健康本来就不稳定,肝啊,心脏啊……

显然,这让所有人都很不自在。

这不,我的鼻窦炎又犯了。我鼻子的左翼肿起来,仿佛有人在它下面塞入了几条鲱鱼。我固执地说没事,没事。早晨出现在众人面前时,有一只眼睛由于发炎而半闭。

有人还雪上加霜,告诉我们最近在纳波河上淹死的那个白人的名字,以及要经过的地区中几个吃人(?)部落的名字。

好吧,可真的到了那里,会是多么的轻松。这里的人都因这趟旅行变疯了。

周三晚上

后天早晨就走。把引起我鼻窦炎的牙敲碎了。另一半留在了下腭，由于我们没有狗追随，晚上，就靠它来提醒警惕了，白天，它也会阻止我过于放任。什么与自然交融、由衷的钦佩啊，就别指望了。它只会让一些非常好的、过硬的东西进入我。而且，对于烦恼和危险也一样。

然而，我总得想办法征服它。

它很强大，它有发脓的囊。

很好，可我带着一把手术刀呢。

周四

我们的云波斯明天出发,带着我们的行李。(云波斯:东部的印第安人。)

周五，11时

他们坐安巴托的火车，12时半出发。

周五中午

他们的出发推迟到了周六。

我们的出发推迟到了周一早晨，8时，坐汽车。

周五下午，4时半

很可能，我的生活到现在一直缺乏不少勇气。

缺乏，而且可能勇气是我的存在条件，可能通过这一事实，我一直都抱着一种无用武之地的感觉，人们称之为随时准备着……

尤其是缺乏适合的机遇……

缺乏对勇气的理解，以及对勇气的尊重。

周六中午，9月23日

云波斯印第安人的出发推迟到了10月1日周一中午。

周六 13 时

云波斯印第安人带行李周一早晨坐卡车走。

一旦用语言将一个决定表达了出来,而且旁边有人为证,很多法国人都会觉得此后就必须根据所说的决定去做。

厄瓜多尔人可不这样。他说明天,那就是后天;你大后天等他,啊,不,这事已经结束了。还是其他事情吧。或者什么事情也没有了。他改主意了。

他不把话语单独列为庄严的东西。

不!他改变主意了,他改变话语,这是一个整体。

这是我们不断推迟的原因,也是我好几个月来很不自在的原因。

基多，10月1日

出发。
到达瓜达卢佩。

10 月 2 日

行李没有到。

错过了一周内唯一的一班火车。

10 月 3 日

行李从骡背上送到了。

10月4日

寻找挑夫。
没有挑夫。

10 月 5 日

找到了几头骡子，可以一直到梅拉。

10 月 6 日

出发前往梅拉。

我们四个人,加一个向导,一直到梅拉。

我们三个人去纳波。

再远就剩下两人:A. 德·蒙勒宗和我。古斯塔夫在纳波离开我们。

第一站。瓜达卢佩巴诺斯，拉普罗维登奇亚

路的右边一直是悬崖，而且是那么的狭窄，每次都需要将脚从马镫中抽出来，抬起腿，免得它被一棵树或者一块岩石弄断；因为马见到右边的悬崖绝壁，总是尽量往山这边靠。我们有些担心骡子。它们身上背的是两倍的重量，很容易就挂上了。

第二站。第二天梅拉的拉普罗维登奇亚

此时此刻,在这个地区有一种会模仿开瓶子声音的鸟。它的歌声并不长。首先是一个预备的声音,然后,啪……一下子把你眼前的瓶塞给开了,液体从中汩汩地冒出来。其中模仿得特别好的,是瓶塞子被拔出来的声音;我们可以感到后面的真空,以及通过瓶颈进入的空气。我试图不去注意它。但做不到。

这片森林,到处响着香槟酒开瓶的声音,实在让人惊讶。

梅拉

中午到达。

没有挑夫。

明天出发去萨察亚库(走四天,没有路)。从那里叫挑夫来。

第二天

出发。

阿尔弗莱德·莫滕森总爱对我们说:

"啊!啊!啊!你们看吧,走一天路你们可不行,你们会原路返回的;这可不是你们能做到的,你们会陷入泥浆,一直到肚子。"

他在我们后面,骑着马。他想陪我们一直到第一条小溪。但他掉到泥淖里了。我们继续向前走。后来就没了他的音讯。

* * *

一个荷兰人,纳波的殖民者,带着许多行李在我们前面。一棵倒下的树把他的一只行李箱压扁了,开了。于是我们发现,他在里面还带着他的燕尾服。假如风再大些,我们将被迫停止前行。云波斯印第安挑夫们说,太危险了,有太多的死树。

我们所需要的,主要是酒精。但是,放液体的箱子与行李一起留在了梅拉。

* * *

在这四天中,A 和我,我们互相在偷偷观察。他能挺住吗?每人都这样想对方。

　　挺住，我看到他一边走，一边满脑子就是这一想法。每一个脚步中，都有着这样一个坚定的念头。他外表看上去像个先知，十分神气。除了这四天以外，我从未见过他有这样的神情。也可能，在他的一生中，都不会再有。

　　到达萨察亚库。

梅拉-萨察亚库(纳波)

10月16日

这一站是在沙漠中。
这一沙漠是森林。
四天的树根与泥浆。
没有鸟,没有蛇,没有蚊子。
大地是冷的,到处是沼泽地。
然而这是热带森林。
只需看它的排场,它的喜庆,它的黏膜的样子。
但它更像是塌方。
没有路,必须步行。
脚被嘲笑了!被嘲笑!被讥讽!
软软的大地可无所谓,不说是,也不说不,
腻腻地发出咕噜声,
一直接受你,直到你的腰,
被嘲笑!被嘲笑!可笑!
树根刺破你的皮,
敲打、折断脚趾,
黏黏的让你滑倒,推推搡搡,

让你跌倒，让你出局，
让你掉入这些可怕的永无休止的洞，
它们构成了森林的地板。
而且，我对寒冷还特别敏感。
晚上，我冷得瑟瑟发抖。
我还以为得了疟疾。

萨察亚库。在沙韦的竹屋中

  他们给了我们一个房间,G、A和我。

  印第安人喜欢沙韦,周围经过的人都来他的竹屋,同他握手,他们与他们的妻子。

  你去雇用印第安人来划船,他们会先伸出手来,然后谈价格。

  为沙韦做家务的印第安年轻姑娘经常到水边去。

  回来时,她知道我在那里看她。她的头朝向我,重重地吐出一口痰,朝我微笑。在这一动作中,不知有多少健康和喜悦在里面。也像是一种致敬的方式。于是,我也想好好地吐上一口,可是……我吐得真不怎么样。

  有一天她走近了我。我让她在身上刺青。她很愿意。她很爱笑,看我时,像是在安慰一个小孩。

  她一下子跑开了。印第安人生性极其爱嫉妒。

第一次坐独木舟旅行

为了去纳波,他们借给了我们一条独木舟。划桨的是些很英俊的男人,但是桨划得非常糟糕。他们经常在河上犹豫,不知道该向哪个方向前行。

在一个转弯处,波佩罗(船尾的人)掉入了水中。很久以后我们才发现。我们问他:"往左还是往右?"但是他已经在船后面四百米处,只有脑袋露出水面。

河水不深。有时船会突然停下,仿佛被一只手拉住。

在过急流(在萨察亚库每三百米就有一个)的时候,小船的底触着河床在滑行,仿佛一个从楼梯上掉下的人,脊背着地仰躺。浪头很小,但很激狂,撞击在船身上,把我们弄得全湿。

琼屯雅库河在流入萨察亚库时,形成了纳波河。像一个被激怒的人一样涌入,水流在很远处向前伸展。两条河在搏斗。整个表面上刻出一道道浪,让人觉得仿佛来到了海中。一旦形成,纳波河就开始下落。

进入水流,就像进入了一个机械装置。我把柯达相机交还给 G 的时候,流水一下子让我跌坐。平躺在独木舟底,我能感觉到它在波浪上起伏。

一过了两河交汇之处，就必须舀出船里的积水，因为我们已经与水齐平。

从那里到纳波村，还有一刻钟的路程。

纳波港，周日

我们第一次到达纳波港时，是在下午。我们数了数，有七座竹屋。独木舟的数量要多一些。十二条左右。最大的居所上面有这样的标记：省政府。

省长接待了我们。看了我们拿给他的部长的信之后，他让人从一个房间里撤走了一些不知道装什么东西的袋子，供我们晚上睡觉用。我们与他待在了另外一间，四处的门都打开。在屋顶与我们之间，一只吸血蝙蝠在飞来飞去。房间里还有一台留声机。有人专门在那里不断地换唱片，甚至在我们吃饭的时候。我自问为什么要待在那里。空气变得昏暗。这台留声机为省长和两个荷兰殖民者带来女人的声音。我们能感觉到，他们常常让人弄些女人来。可他们为什么不回首都，既然他们那么爱女人？

我们很快就表示抱歉。留声机终于停止了。马上，丛林的声音从四处响起。下面，河在咆哮：明天会涨水。

我们进入为我们准备的房间。很机械地，在睡下之前，我们拿出了手电筒，照亮墙壁。我点燃了一支烟。"啊！这是怎么回事！"安德烈叫道，而古斯塔夫，我觉得他是在笑。他的笑很青春，而且在哪里都很适合。

接下来我们开始正视我们眼前的情景：大概有两三百只蜘蛛，又大又毛茸茸的，每一只都有一张网。眼前这一切几乎没有什么动静。

A要求把蜡烛整夜都点亮。（A很烦人，但是，他可真是不喜欢小虫子。）

G和我拿出了南美大砍刀，我们开始向那一大堆东西砍去。一会儿那里落下两三条腿，这边落下四五条腿，到处落下脑袋和黏糊糊的身体。血淋淋的肚子吃力地向竹子外面躲去。有时候，为了打天花板上的，必须双手握刀（因为大砍刀很重，与一般军刀一样长，但更宽、更厚），一个人照明，一个人砍，而且砍得很重。（必须这样，因为竹子有弹性，与蜘蛛一起往后退。）这几刀都可以砍裂猴子的脑袋，所有的蜘蛛都掉下来了。可它们不走！只有在受伤的时候，它们才撤。

还必须小心，碰到后，它们不能落入我们的袖子里。A一直检查着床。两个小时之后，几乎所有的蜘蛛都跑到了外面，有的垂死，其他的……A还担心其他的。但我和G心里已经非常踏实。

* * *

省长说，在罗卡富埃特，只有在收割稻子的时候，才能找到蒸汽船。他本人也不知道现在是不是收割稻子的季节。

纳波-泰纳，骑马

这里有个意大利的主教，完全就是个商人。

"我们有个教士，有点到处流浪的感觉，你们可能会在旅行途中遇到他。"他说。他说的时候仿佛有些难为情。很明显，他没有宽恕此人。

但我是认识这名教士的。不论什么样的天气，他都能花十天时间去给一个印第安人看病。于是，我愚蠢地对主教说："大人，耶稣宽恕了那么多人。他所不能宽忍的，是些伪善者。"

顿时空气凝固了。主教的耳朵不太好，而且我说这句话就是为了他听见。但他的鹦鹉替他说话了："什么？什么？你说什么？"

要不是 G 正好过来拿一部电影的胶片，我还真不知道会怎么收场。

* * *

巴西的传教士肯定不是最好的。有一个传教士与女人的关系人人皆知，人们告诫他："我的神父啊！您的所作所为可不太像个教士啊。"他带着憨厚的微笑回答说："啊！总得有洗礼吧……"

另外，印第安人是很难真正皈依基督教的。基督对他们来说，并非理想。很好，但是不够。我觉得，他们并不认为，善良是一种首要价值。尤其是，他们与犹太人相差太远。

回到萨察亚库

涨水。我们艰难地溯流而上。四公里花了十二小时。

寻找挑夫,去拿我们留在后面的行李,必须有十四个。

来了七个。

在河的那头还有五个。

所以缺两个。

我们应当牺牲哪几个箱子呢?

今天,印第安人说要出发了。

到了8时,他们还在。在下雨。早晨6时下雨时,印第安人不走,因为会有坏运气。然而,大概每天要下十八个小时的雨。

第二天:周日。

周日是个不好的日子。

是白人的日子。会有坏运气。不走。

周一,终于出发了。

八天以后,只回来了三个挑夫;一个小时以后,另外四个。他们说后面的人要明天才到。

第二天,又是三个挑夫。缺了两个。晚上,那两个到了。

* * *

我们在纳波河上的桨手到了。每个人六个指环，女人两个指环；还要给每个人几米布，用于系在腰间，再加二十张一苏克雷的纸币（五法郎）。印第安人只认一苏克雷的钱。一张一百苏克雷的钱，他最多认为是两个苏克雷。重要的是纸币的数量；所以要用麻袋来装钱。

货币单位：一块缠腰布，一张一苏克雷的纸币。

他们只说本地方言。我只知道几个词，不太懂。

第二天出发。

独木舟，第一天

10 月 22 日，萨察亚库纳波。瓦尔加斯-托莱斯

独木舟太小了，晃动太大。好几次几乎翻在水上。

在纳波，省长让我们换了一条独木舟，大得多，刚刚从罗卡富埃特过来。

我的旅伴 A 不愿意浪费时间，说不需要。省长坚持，而且是带着一种奇怪的害怕的神情。

好吧。我们就接受了。我们感到他松了一口气。我有些冷漠地看着他。在他眼神里的害怕中，可以看到部长的影子。部长在那里，举着手指头，说："纳波的省长，撤掉！"

拉塔斯

被认为是最危险的急流。而且,我们不得不下来,拉船前行。

直到这里,一直都需要祈求"不要涨水"。河变得越来越深,流得越来越慢,我们需要祈求"涨水"。

瓦尔加斯-托莱斯

　　这里的行政长官是个极度焦躁不安的人。动作很快，却不断在颤抖。我们能够感觉他高度紧张，时刻在防止自己变疯。我们请他喝威士忌，大家吃饭。他开始说话，越说越快。话都是机关枪一样冲出来的。A对我说："你看吧，这回他要打破自己的纪录了。"滔滔不绝。我已经好一阵子什么也听不懂了。有时候他会笑，他的笑声是那么的快，让人感觉他是在演杂技节目。
　　我们走之前给他留下了两管奎宁。
　　他对我们说，在罗卡富埃特，可以找到我们所要的一切。他本人从未去过。

第二天

这一段路程比较远。印第安人应该在早晨5点钟来接我们。但是在下雨。

8点出发。

为了消磨时间,我去牲畜棚看了看。那里有的鸟非常雅致。爪非常高,就像鹳鸟,而且是粉红色的,翅膀是柔和的灰色;总的来说,它们同鸽子一般大小。我很想要,但如果没有了自由,它们会死掉的。

"靠岸,去给我们找点芭蕉叶,那边,在河的右岸有。"

大雨已经下了两个小时。

不,他们不愿意。右岸,那是"不信教的人"的地盘,比方说,被他们称为朱瓦罗人的一族。朱瓦罗人裸体而至,用长矛攻击所有不是朱瓦罗的人,并将他杀死,除了女人。女人是有用的。

他们很少到河的左岸来。他们必须带着长矛,游过河来,因为他们没有独木舟。他们生活在纳波(也就是右岸)和帕斯塔扎之间的领土上。

好,可是我们全淋湿了。而那边的叶子很可以用来遮雨挡风。

去给我们拿来。

我们发怒了，可是没有用。

我们让他们喝烧酒。他们终于决定了。但在采摘的时候，还需要我们拿着卡宾枪和两把手枪，对着森林的巨大帷幕。

我对A说："说真的，假如那些朱瓦罗人真的来了，我们该怎么办？"

他回答说："我嘛，很简单。五颗子弹给他们。第六颗留给自己（他可是个说到做到的人）。我可不愿意给这些人做好玩的试验。我受不了的。"

那我呢……"试验"这个词让我想了很久。与这些野蛮人一起生活，对我来说也是一种试验。而且不一定是他所想象的那种。我坚信自己会努力试着与他们一起生活。

到达阿尔梅尼亚城

堂·尼古拉·托莱斯的农场。他是这里的王。但他正处于悲痛之中。他儿子刚得热病去世。

吃完饭之后,有人把我叫到旁边的房间。那里有一个垂死的老人。一名意大利歌手。非常高兴能够说法语。但他与其说是在说话,不如说是在吼叫。时不时旁边有人帮他再次点燃香烟,散发着一种教堂的味道。我们为他带来了缬草根和一瓶醚。他拿在手中,细细地看了很久。

他们告诉我们,在二十四天内,在罗卡富埃特会有一艘带有发动机的小船。

从早晨4点起,就费了很大的劲,到了里巴德奈拉的竹屋,是整个旅途中唯一的一座。

我们靠岸时,夜色已经降临两个小时了。要想到达住所,必须经过一片沼泽地。

我们要求住宿。

"好。"

但是,里巴德奈拉好像有些为难。

我们带来的印第安人开始煮乌龟蛋。当这些蛋放入了盘中,加上煎过的香蕉,里巴德奈拉才决定张嘴说话。

我们最好还是重新上船。这里有一种类似黄热病的东西正在肆虐,三个小时就能置人于死地。他一整天都在埋葬印第安人:十四人。

"先生。"死里逃生的人在那里大叫,从一个类似阁楼的地方,探出四五个白色的头朝我们俯身而来。

"他们居然等不到我们吃完以后!"A 对我说。

太对了。吃饭并不是件太自然的事。原则上必须有一个整体上快快乐乐的氛围。

于是我就去睡觉了。对我来说,我尤其需要的是沉思。

* * *

里巴德奈拉说,在八天以后,在罗卡富埃特会有一艘小艇,出发去伊基托斯。因为在这个日期,有人让他准备好几袋大米。

第二天,出发。

一只猴子之死。

它在看着我们。我把枪放到肩上。"朝脑袋打!"印第安人叫喊道。可是,它的眼神让我有些窘迫。我把子弹射向猴子的胸膛。它发出了女人般可怕、痛苦的叫喊声。它并不大。然后,它坠落到了下面的枝条上。它仿佛在跳舞。但它已经死去了。需要把它的爪子分开。我们的印第安人抱着它上了独木舟。我们看上去就像是几个小偷。

我们又出发了。把它放在芭蕉叶上，盖上。有时，我会把叶子拨开。它还保持着它那观察的神态，好像是同好伙伴在一起。

我们下船的时候，它还是热的。太阳一整天都非常厉害。①

到达维多利亚农场。

上到屋顶，我们可以看到罗卡富埃特，对面是秘鲁的潘托佳兵营。

* * *

农场主说没有小艇，而且，假如来了一艘的话，在这里就可以听见。他邀请我们就在他那里住下。他说，在整个地区，这是唯一没有疟疾的地方。

---

① 有一天，我已记不清楚是哪天，我们不得不离开我们当时的独木舟和那些艄公，因为他们不能再继续前行。水涨得太高了。如果在这种情况下回溯的话，他们需要太多的时间，至少一个月。

于是我们接下来的行程比原来设计的要远。经过多次犹豫，我们没有接受别人的建议，最终上了一条比较大的船。它开得很慢，不太好掌握，因为上面承载了太多的东西，船主是个葡萄牙商人，绰号"犹太人"，名声极差，当地人大多公开蔑视此人。

一上船，我们马上就明白不能相信此人。我们的关系变得非常糟糕。我们的感觉是他只要有机会，就会把我们随地甩掉。——原注

第二天

在出发之前一会儿,一个十二三岁的小姑娘,穿着粉红色的衣服,神情严肃,看着我将行军床折叠起来,交给印第安人。
"小姑娘,我昨天没见到你。你昨天在哪里?"
"在家里。"
"你为什么没有过来,美丽的小姑娘?"
于是,她走近我,把手掌给我看。
"啊!"
白色的手掌:疟疾。昨天一定是发作了。所以她那么严肃,那么惨白。
"你从来没有得过疟疾吗?"她问我。
"没有,"我温柔地说,"但有一天肯定会得的。"
有人喊我。
她又说:"我很快也会到伊基托斯去的。"
在出维多利亚农场时,流水很急,一下子就把我们带走了。

* * *

五年前,这位农场主曾被关在一家麻风病人的医院里。他逃了出来。当他在庄园周围转悠的时候，遇到了手下的一个印第安人，身体极其健康。而在此之前，他们一起得过麻风病，一起被关进医院过。

"有一条蛇咬了我一下，"印第安人解释说，"我发了高烧，后来很快就痊愈了。"

他们就开始寻找这一类的蛇。

终于找到了。可是蛇拒绝咬他。他就使劲用脚踢它的头。

在阿瓜里科的罗卡富埃特位于秘鲁和厄瓜多尔的边境

受够了奎宁、炎热、独木舟的摇晃,亚马孙森林无穷的、厚厚的叶子群,我们身前身后的大片水域,尤其是身前的疟疾,还不算什么,但还有黄疸病,而且还要继续,还要在里面前行十三天,脑袋里空空的,心紧紧的,胃与肺瘪瘪的。

啊!啊!

笔者在穿越了五百二十七公里之后,想象可以在罗卡富埃特找到一艘汽艇,可它要到一个月之后才出发;所以,他只能继续顺纳波河下行,直到亚马孙河,坐独木舟行大约一千四百公里。窝在一个用草织成的船篷之下,该草篷一直覆盖到船沿,形成一副摄氏三十八度高温的棺材,里面只有装大米的袋子,人就靠着米袋,既不能看书,也不能干什么,更多的是躺着,而不是坐着,而且几乎什么也看不见。而且,笔者的脚和左腿看上去已经完全散了架。他已经需要每天服用六片咖啡阿司匹林,他浑身疼痛,行走艰难。这是这里的一种病,越医治,病情就越严重。它的病源来自伊桑格虫。有人还误以为是麻风病。

周六，11月3日，在独木舟上
疼痛，而且可能发热

借我伟大。
借我伟大，
借我缓慢，
借我缓慢，
借我一切，
把你也借我，
还要借其他的，
即便这样也不够。

绝望是温柔的。
温柔到让人呕吐。
我害怕，害怕，
假如骨髓也开始颤抖，
啊！我害怕，害怕，
我已不在那里，我已几乎不在。
啊！我的朋友，

我维系在对你的回忆上，
维系在你的高大上，
我想维系，但我坠落下来，
我松手了。
可见我并非人们所说的那样。
我向后倒去。
还要一天？两天？
而此地离伊基托斯还有十二天的行程。

昨晚夜色降临太早，我们不得不在一个长洲（河流中的沙岛）上靠船。正值下暴雨，河水上涨飞快，长洲上泥沙越来越多，大片的泥土塌落，弄得我们浑身泥浆，而且好像整个沙洲都要消失。没有光线，几乎没有武器。处在遭遇蟒蛇①的危险中。蟒蛇从水中出来，进入舱内。（里面，我们试图在大米袋子上睡觉，袋子硬如石头。）蟒蛇进入舱内，带上可以吃的东西，卷起来，再度回到水中。处于被突然卷走、撞到一棵死树身上的危险中。纳波河上到处是这样的死树，它们连绵不断，总是扬起一片白沫，并在流水中咆哮。也有被扔进森林的危险，那里到处是小老虎、大老虎和蛇，尤其是一种大蟒蛇，只在晚间出来行动。它们非常可怕，像手臂那样粗，像母鸡一样发出咯咯的叫声，白天钻进一个它自己做好的洞中，但是，假如它没有足够的闲暇时间来筑这个洞，它接下来的一整个白天就在它所处的那个地方待着，将它的环一个一个地聚集在一起，在它睡觉的时候，它也面临另外一个更可怕的毒物的威胁②，叫 Chuchora Machacu，是个能像气球一样鼓起来的大昆虫，

---

① 西班牙语用阴性来指代蟒蛇，法语用阳性。我们可以马上感觉到谁对谁错。在阿瓜里科，所有人都向我确定地讲过他们的同伴被蟒蛇卷走的故事，但这样的事故还是比较少的。——原注

② 大家都这么说，但是，后来才确认了并非如此。这昆虫样子非常可怕，但其实丝毫无害。——原注

而且形状很像——这让人非常惊讶——一头河马的脑袋（它那不起眼的小眼睛特别靠后），几乎半盲，飞行的时候前面舞动一把柳叶刀，在正面不管遇到什么阻碍，就一把扎进去，刺穿它，并注入一种致命的毒液。

我们还处于鹦鹉那警察般的尖厉叫声中，有雌鹦鹉和赤鹦鹉，到处响起有力的"夯夯"的声音，到处是风（带着一些非人性的声音，如青铜的声音），有吼猴，也就是说黑色的大猴子，它的雄性在抚摸雌性的时候喜欢吼叫，印第安人如是解释。

啊！啊！一起来吧！终于打破了一天的独木舟的单调，这条独木舟可真是独一无二，它被称为一类加了木排的独木舟，也就是说，两边都有漂浮物，两块巨大的树木，以助装卸物品，但是不成比例，而且很重。我们几乎无法划船，只能顺着流水，与它的速度一样，不疾不徐，而且只能顺着它走，一会儿向左，一会儿向右，顺着这条经常有三公里宽的河流。

11 月 2 日

在这样一条船上，永远都到不了目的地。它怎么也不往前走。这些树干系在船的两边，不可能。

晚上。到了一个秘鲁人的竹屋。

他一上来就对我说，啊！真不幸，哥伦布发现了美洲大陆！然后就来了一大堆西班牙人。如果是德国人，就会好得多：他们可是 gente trabajadora①。

出于礼貌，他加了一句，或者法国人。

然而，他看上去可是个纯种的西班牙卡斯蒂利亚人。

他对西班牙人的定义是：好赌博，爱吵架，偷窃。

一会儿以后，他靠扑克牌，赢了我身上所有的秘鲁钱。他也同犹太人吵架。所以，他身上只缺少了三分之一西班牙人的东西，因为他没有偷我们的任何东西。

* * *

尽管一直有灯亮着，吸血蝙蝠总在我们身边飞来飞去。

---

① 肯吃苦耐劳的人。——原注

我也不知道为什么，突然站起身来，点亮我的应急手电。又躺下。一会儿以后，我又起身。从我上面的睡袋滴下了一滴滴的血。

这就是吸血蝙蝠的危险：它们吸血的时候，你一点知觉也没有，好像被麻醉了一般，同时它还在振动翅膀；吃饱喝足以后，它们就走了，而你会继续流血。

我们把被吸血的孩子的脚包好，然后将他整个人包裹在棉被里。不许他动。

一旦被吸过一次，它们就可以在人群中辨认出你来，而且只吸你的血。

我们留在外面的牲畜早晨醒来时，经常浑身苍白，脚掌摇摆无力，仿佛醉了一般。

库拉尔河和纳波河的交汇点
第二个秘鲁兵营

一道防波围桩。

我们远远就看见、听见漂在河上的死去的大树,但是,一股强劲的力道把我们向前推。我们避开了几棵。我们与几棵擦身而过。在整个纳波河的河面上都有,至少持续了一百米。最后,我们看到了后来撞上我们的那棵。它就好像最后才从水中冒出一样。它把我们左边那根系在船上的木头撞飞了。一袋米掉入了水中。套在篓中的装烧酒的大肚瓶碎了,一只 tartaruga(一种重达二十四公斤的大乌龟)原来背躺着的,翻转身来,咬了我的鞋跟。木舟倾斜了。我们开始下沉(失去了在左右支撑它的两大根树干,木舟在它承载物的重压下,会一直下沉到底),此时,几乎是奇迹,那根树干在重新下沉的时候,一股急流过来,它与另外一根又卡在了一起。

我们还是向左倾斜。乌龟在到处踹它大大的脚,把袋子弄破,从中像牛奶一样流出大米。五分钟之后,我们终于成功靠岸。

到达 M. 的农场

在那里遇到一个哥伦比亚人

哥伦比亚人（以下简称"哥"）：你们与这个犹太人强盗在一起有几天了？

我：十二天。

哥：那你们每天所用的时间都很短，是吗？

我：不，每天十四小时。但船不往前走。

哥：那么，你们还需要四五天才能到马赞。

我：照他的说法，两天。

哥：不可能，至少四天。因为还需要绕道。像它这样装那么多东西，是不能完全进入主道的。

我：啊！

哥：假如我现在有船和手下人，我可以一天就将你送到。从那里，你半天就可以到伊基托斯。

A 看着我。两天就到伊基托斯！他从头到脚，浑身都是疙瘩。那是一下子发出来的。他现在真的很想看医生。

我：好的。那你的船和你的手下呢？

哥：在离这里二十公里的地方，在去马赞的路上。

我：你能不能去把他们叫来?

哥伦比亚人对 V 说:"你这儿有船吗?"

V：没有。

哥伦比亚人又对 Z 说:"你有船吗?"

Z：没有,但你可以去找 D,他倒有一条。

晚上 11 时

哥：我有船了。

我：太好了！明天见。我们约几点？

哥：三小时后见。这里的人 3 点才工作。我们必须在之前到达。早晨 2 点你们就准备好。

我：好。

午夜

　　有牲畜在叫，好像靠近农场。夜色很亮。突然有两声枪响。一会儿以后，一名男子靠近。他刚刚打死了一只老虎（他们这里这样称呼豹子）。他的儿子留在了那里，在割肉。至于他嘛，他带来了动物的牙齿，以证明他所说不虚。老虎的下腭被打碎了，他只需要捡起掉下的牙齿就可以了。就是这样。

凌晨 2 时

有人从葡萄牙人的独木舟上将我们的行李拿下,放到另一艘上。外面很冷。天空渐渐阴暗。

"你不觉得会有暴风雨吗?"

是不是会有暴风雨。

我不时地问。因为我们连船篷也没有,毫无躲避之处。另一方面,浪涛会太高,我们的小舟又太小。天空没有转明亮,但也没有变得更阴沉。应该没事。还有几颗星星。人们互相说了一会儿话,又归于宁静。桨入水中,开始有规律地划动。

纳波河分为三条大道。它们几乎宽度相等,非常壮观,而且可以连续几个小时笔直笔直,每条可能有半公里宽。我们感觉我们会遇到一道巨大的栅栏,或者是最后的审判。

早晨 5 时 45 分,到达。

7 时接着出发。

晚上到达马赞。

马赞

到纳波与亚马孙河的合流处还需要一天的行程。但是,在森林里,有一条近路,可以在一个小时内步行走到亚马孙河的支流。剩下来,只需要一天时间,就可以到达伊基托斯。

我:明天我们能不能要四个挑夫?还有,在亚马孙河上,弄一条去伊基托斯的小船?

X:可以。

* * *

安德烈与我,我们是非常好笑的旅行者。疟疾……去他的。我们所想要的,就是睡觉。我们的蚊帐太小了。在里面几乎窒息。我们从来没有打开来用过。但在这里,蚊子实在太多了。一宵未眠。

第二天，早晨7时

　　我们：你的人准备好了吗？

　　X：我们去看看。

　　我们：怎么样？

　　X：不行。不可能。那边没有独木舟，我的儿子刚从那边回来。

　　我们：无所谓。我们还是出发。我们也许在那边可以找到一只船。

　　X：不行，今天周日，他们都出去了。

　　我们：无所谓。我们就到那边等。

　　A和我有一个我们一直严格遵守的原则。而且这是我们可以自称唯一了解这一地区的地方：就是说，只要有条件，就一定要到下一站，无论显得多么无用，永远也不在原地等待。

　　看我们如此固执，他们开始到上游去找独木舟，我们往另一边出发。到了10点，独木舟备好了。

9时，到达伊基托斯

我们在晚上到了伊基托斯。流水很急，我们全力划船，还是原地不动。

我们不得不顺着河往前靠。

那里有许多木板与岸连接。有的太低了，必须将它们抬起来，因为我们船上的篷过不去。

在一些小汽船上，监察员们带着怀疑的眼神看我们在那里转。一等我们的行李放到岸上，给我们划桨的人就赶紧逃走了，因为在伊基托斯，外乡人都会被抓起来，白为公家干十五天的活。

亚马孙河边上了巴西船，三个月之后，出发去帕拉，大西洋上的港口。

伊基托斯，秘鲁，亚马孙河上的港口

11 月 15 日

日常生活总会让人变成布尔乔亚。到处都是这样；然而，一个人的某种日常生活，可以让另一个人的日常生活完全变形，甚至死去，那就是外乡人的日常。哪怕这一日常在当地人看来是最无聊、最普通、最灰色无味、最单调的。

在这一地区的日常生活中，有伊桑格虫。你走过潮湿的草地。你浑身发痒。你的脚上已经有了二十几只伊桑格虫，很难看到，除非用放大镜，一些小小的红色的点，但比血的颜色浅一些。

三个星期以后，你的脚就都是伤口了，一直到膝盖。带着二十几个一厘米半宽的深洞，而且长满脓。

你开始绝望，开始诅咒，你感染了，你说要看老虎，要看美洲狮，可人们只给你日常。

还有一种日常：非常细小的蚊子。它们几乎不咬，躲在你的眉毛里，只在那里，上百只……

你说你要看蟒蛇，可人们只给你日常。

还有，在水里有一种小小的、魅力十足的鱼，像一根羊毛那么细，非常漂亮，透明，黏糊糊的。

你在游泳，它就过来，想进入你的身体。

在测试到最敏感的地方之后，非常小心地（它喜欢一些自然的洞口），它又只想着出来了。它于是向后退。但同时，一对针尖般的鳍不知不觉地张开，也向后退。它开始担心，开始骚动，就这样尽力像一把打开的雨伞一样钻出来，让你不断地大出血。

要么最后找到办法把鱼毒死，要么就是人死。

但是，最普通的死法是这样：一旦水中有了一点血，哪怕只是一丁点儿，一群卡奈罗鱼就游过来了。它们也不比沙丁鱼大多少，同它们一样多，但非常能吃，非常厉害，一下子可以吃掉你的一根手指。一个六十公斤的男子或女子，它们大约只需要十分钟。

人们从来没有从亚马孙河中捞起过一具尸体。

人们从来没有在亚马孙河中找到过一具尸体。

* * *

我很少听到过人们很自然地谈起热带地区。那几乎是不可能的。在这里，每走一步，都必须像警察一样。哪怕只是为了坐一下，也必须像在实验室里一样小心翼翼。而在欧洲，人们可以随意地在大自然中放任自己，与它亲密无间地生活在一起。

至于在这里买下自己的房产嘛……接下来，蛇就跑到你家里来杀你。

* * *

当然，我的身边有一大片森林。但是在极度的高温下，我的静脉都在吟唱。非常单调的吟唱。另一方面，又完全是我自己的歌，我一整天都在听它。

太阳下山时，还有一丝风；可马上就是夜晚了，什么也看不见了。

* * *

在我的本性中，有一种倾向于沉醉的趋向。我是一个容易上瘾的男人，一切对于我都是好的。因此，在我读书的时候，头几页并不让我感兴趣。它们太浅显易懂了。可是，几个小时之后，就开始变得模糊，于是我就开始从中获得莫大的满足。

这里的树被照得很亮，非常明亮。我看不见它们。我只见到它们的亮度。我总是像婴儿一样张大眼睛，也像婴儿一样，只是在有动静时，才转动。

我很难解释。尽管我说得更多的是不好的一面，但我也有许多细小的乐趣。

* * *

原本要把我们送到伊基托斯的那个葡萄牙犹太人，我很后悔当时没有杀了他。没有出现任何一个机会，可以干掉他而不伤及他身边的那个小男孩。

在河上那个暴风雨的晚上，我们差一点被冲走。我的同伴与我的想法完全一致，手都放在了手枪的扳机上，只要独木舟滑走，我们就一枪打碎他的脑袋瓜。这一点上，我们的想法完全一致。

* * *

在你出发探险之前人们给你的建议，往往与人们给孩子的一些建议有些相似。

　　一般劝孩子要谦虚；另外有人会劝他："要有雄心壮志"，另一个会说："不要太有雄心壮志"，或者"要直率"或者"要谨慎"，或者"要勇敢"或者"要精明"。而孩子需要知道的，并非谦虚使人成功，或者是需要温和，或者是需要勇气，而是那些对他合适的东西；究竟对他来说，是谦虚些更能进步，还是骄傲些更好。对于旅行也一样：人们给我的建议多得数不胜数，而且相互矛盾。但是，现在，我知道了什么是适合我的。我不会说出来，但我知道了。

伊基托斯

街上会有一个五六岁的小女孩靠近你。"Mama le llama（妈妈叫你）。"然后她就会友好地拉起你的手，把你带到"妈妈"那里。

然后就是妈妈……是这样的，一次两个索尔（二十法郎）。

出发去维多利亚

十天后到达玛纳奥斯，十六天后到达帕拉。

船身不高，但像玛爵大酒店一样宽。

我们没有认出这就是亚马孙河。我们现在是游客。

船每十二小时停一次，需要添加木头燃料。同时，它也装满了蚊子与炎热。周边的一些混血儿孩子上船来，到船上的理发室理发。他们会要求："给我理成巴黎最新式的发型，或者里约热内卢最时髦的。"

晚上也航行。有大灯。但从不开。会影响水手。

亚马孙河的河床和流水经常会移动。有时，会三四个星期陷在污泥中，而且是越想动，陷得越深。

玛纳奥斯

（巴西，摄氏三十八度高温）

在整整一公里的路程中，可以看到一座高墙，耸立在河的右岸。在它后面与上面：玛纳奥斯城。

这座城市位于两千公里之外的地方，远离一切，有十万居民，假如你顺着一条街走到底，就是森林。

居民们看这座城市，就像是一堆废墟。然而，它有一些很新的建筑，还有一个首都才有的大剧院，而且到处都有曾经奢华的痕迹。在一个街区的小电影院里，你可以看到："1911年，巴甫洛娃曾在此地大展舞姿。"当时，在这里，先令和英镑还都只是些小钱，但后来，橡胶的价格降下来了，于是，这里只剩下了回忆。

* * *

在我是孩子的时候，我捡到过一根树枝。在某个高度，它突然膨胀了，出现两个乳房状的东西。它只是一根小棍子，但突然就女性化了。

这里的女人非常瘦，非常瘦。可是，到了胸脯那里，生命突然解脱了，开始任意发展。完美的乳房，在紧身衣上向前突出。白种女人就是这样的。黑人女人很肥胖，但她们的胸也是这样的。

她们之间有时相互较劲，这是这里的法国代办给我们的解释。

* * *

在教堂，进行着庄严的仪式。一直持续到很晚。女人们都穿露胸的衣服。男人们穿黑白色的燕尾服。传道者在那里叫嚷："Os homens deven（人必须这样或那样）。"但是，人们几乎没有在听。椅子上形成了一个个的小团体，在互相说笑。两边的台阶上，坐着年轻的姑娘们，互相搂抱着肩。有时，从最上面的一排突然滑下一个人来，于是就有一片疯狂的笑声，怎么也停不下来。

人必须这样或那样。传道者还在坚持。人们互相粘在一起，就像有阵风一直让身体动来动去。因为年轻人在不断走来走去，不断摩擦，让人难受。

时不时，他们成群结队地到圣母酒吧去喝饮料。在广场上还有一个民间节庆，有大量的游戏。人们下赌注的声音传入教堂，就像是一阵阵鞭击。

说实在的，我在伊基托斯，开始厌烦了。

我多希望自己变得谁也不注意；我把自己缩成一团，然后到巴黎，在那里躲到书本中。

但很快我就清醒了，眼前还有整个巴西需要穿越。

所以，这次旅行，我觉得已经重复了二十多次。

真的开始让我觉得乏味……

* * *

亚马孙河与纳波不同,
纳波慢慢游向亚马孙河,
慢慢地,
畏缩地,
疲惫地。
亚马孙河与纳波不同,
在它上面吹着不可怀疑的风。
啊!风!
我来自一个风的国度。
在我的国家最穷的地区也有风,
空气从不畏缩,它在吹,就是风。
我们总是有许多风,而且我们需要风。风!风!

被风养大的,
在风的热情双手中生活了多年的
……
我不觉得自己如何眷恋国土,
可是这风……
风……

亚马孙河的大小使它不可能在二十世纪之前被人看到

12月15日，帕拉①

亚马孙河的出口。

许多一两公里宽的狭窄的水道，就是这些。②

可亚马孙河在哪里呢？人们不断问自己，而且怎么也见不到更多的东西。

必须往上空去。必须有飞机。所以，我并没有见到亚马孙河。所以我不说它。

我们船上有个从玛纳奥斯城来的女性，今天跟我们一起进了城，当她进入大公园时——里面的植被很好——她舒了一口气。

"啊！终于是大自然了！"她说。

然而她刚刚从大森林里出来。

……

那是因为厄瓜多尔的大森林是那么的严肃！不论是在河的左岸还是右岸。

---

① 我在帕拉待了三个星期。但我一定是把它们从我生命中丢失了。帕拉，帕拉……什么也没有出现。——原注
② 亚马孙河经常可以达到三十公里的宽度，但是太多的岛屿挡住了视线。——原注

1月3日
坐了一条布思航船公司的小船出海

啊！小，小，我在这里，被遗忘在小船的后面，我居然已经旅
　　行了几百天，几百天。第一天已经是多长时间以前了，然后
　　是别的日子，过去了，过去了，几百天，然后是最后一天，
　　然后终于是欧洲，在欧洲，有碧，
碧，马上，听着，
我回来了，碧，是我，别生气……

小姐，我的爱！
小姐，我的爱！
今晚的空气真冷。
在欧洲有巴黎。
巴黎，说法语的大妓院。
我指望你，来结束。
巴黎……
巴黎？为什么呢？
啊！这趟回程有那么多问题。

终于是北方的风。

结束了热带的空气。

北方恨我,它让我殉道。

它也承认。

但是,另一个,热带,它就要逝去,

什么都满足了你,

但温柔地吸你,

抽尽你的血,

当几个月后醒来……结束了……

我以我的方式做了回自恋的那喀索斯。

但我的日记已经让我厌烦太久。

我回来,没有外衣。

这也让我烦恼。

带着耳炎,还不知道该怎么办,这也让我烦恼。

而她,碧,碧,她这一年都做了什么?

我已在此次旅行中多次哭泣。

没有办法;仿佛对我童年的债。我理解自己。

想到我能够这样,非常愉快。

不再被认为是一块反抗和愤怒的老皮肤。

我今天早晨在里斯本读了《时间》。

我的上帝,多么愚蠢。

还有新书。

在法国，反叛者是那么友善，可爱的作家：美丽的
  绝望的女作家，
人们到电影院里去看你们的绝望。
总是那么的雅致。

　　　　　　　　　　　　　三天后

喂！怎么了，还在颤抖？
啊！明天就到了
法国，法国，而他完全散了架，
因为他要回到那里。

　　　　　　　　　　　一会儿以后

他大声说话,他很不礼貌,
他沾沾自喜,他吐着喜悦。
所以他没有变,
既是好事件的受害者,也是坏事件的受害者。
一句话,感动了。
好吧,结束吧。

15日，勒阿弗尔港下船，晚上。

为一些回忆所作的序

　　看到整整一年就这样被缩为几页纸,笔者非常感动。肯定还发生了一些其他事情。

　　他开始寻找。但是,他遇到的,只是一团雾水。

　　于是,为了掩饰他的窘迫,他采用了教育者的口吻。

H. M.

安第斯山脉中的印第安人竹屋

印第安人竹屋并非只是相对简陋一点的农庄。它更被人视为一种并不赏心悦目的东西。但是，谁要是在里面住上几个月，就再也不想去其他地方居住，因为里面有一种极大的亲切感。

印第安人竹屋在白人眼中，是这一种族愚蠢的证明，因为它没有壁炉。它还缺了许多其他东西。但是，一种东西的缺乏，必定意味着另一种东西的存在。所以，印第安人竹屋有许多东西。它充盈。进去的时候，我们能感受一种说不出的厚重的东西。它充盈着幽暗，一种棉絮般的幽暗，它充盈着烟雾……没有壁炉，但充盈着烟雾。白人的住所没有中心，因为有窗户。

什么也没有，外面的东西什么也没有，自我充盈，这便是印第安人竹屋。这一烟雾来自为了食用而烧烤的玉米。烟雾进入你，拥抱你，然后轻轻地从门出去，让位给另外一股烟雾，更加暖和，刚刚从木头中出来。

充盈着麻醉感，充盈着各种味道、肮脏和人。

充盈。

据说，救世军想将一些愚蠢的忠实信徒遣送到那里，教印第安人建造壁炉。但是，这样一来，印第安人还剩下什么？他需要的是丰富。

还有一点，他需要站立着去了解大地，用双脚去尊重大地，而且需要平躺着了解大地。必须平躺着了解大地。

还有,印第安人竹屋尤其是一个适合音乐演奏的场所。他们在一支长长的笛子中吹,在一种多次重复的音乐旋律中陶醉,这些旋律要比他们所做的任何其他东西、比陶艺都更能表达他们自己。这一旋律是这样组成的:起先是三个音符,第一个音符并不高(阿拉伯人的音要高得多,非常激烈),第二个要高一些,第三个低下来,低的度数与前面高的度数相等——每一组经常是三节奏——然后是另外一组三个音符,但组合方式相似,以第一个为轴心,第二个更高,最后一个更低,然后是另外三个一组的音符,几乎没有什么其他点缀。整体上有一种向上的努力,构成了音乐旋律的多样性,然后又降落下来,回到这一深层的音符,并以此终结,换言之,是一种自尽,或者说是衰竭而死。分开的水,最后必须再度沉没其中。

印第安人比世界上任何其他人都要更追求沉醉,在他竹屋中的烟雾只是必要的日常小货币。有人说他是很粗鲁的人。可能吧。但是,在沉醉方面,他是高手。

首先,不是一两个晚上喝醉。不,他是连续三个星期喝醉——比如说,从圣胡安节开始——中间一刻也不停,一旦他们不再完全"高了",他们的妻子就会往杯中继续倒酒。他们寻找的不是小小的细节上的感动,不是白人喜欢的那种小情小调,变得更快乐一些,更灵敏一些。不,他围成一个中心。带着这一中心,他开始饮酒;他监视着酒,推动酒,撞击酒,撞翻酒;带着勇气、冷静、自我否定,尤其是带着一种坚决的态度,让人钦佩。

他决定饮酒。好，既然这样，那就要真正沉醉。经常，连续好几天，你都看不到他吱声，但到了第六、第七天，他突然双手合十，轰然倒下。因此，我见过一整座庄园的人个个双手合十：他们让我骑的马都吃了一惊。也有在他们的披风中蜷成一团的，但不多见。也有尸体。

对于所有的毒品，他们都要求同样的状态。由于他们非常耐心，所有的毒品到最后都能给他们同样的效果。他们不需要什么前戏，他们需要沉醉变得越来越厚重，然后打垮他们。他们喜欢被打败。

刺　青

严格地说，森林中的印第安人并不刺青。他们并不在皮肤上留下深深的痕迹。

他们在脸上画上一幅画，然后去朋友家吃饭，回来的时候再擦掉。所有人都发现，这是打扮自己的好办法。有些颜色非常脏。对我们来说，这是一个不利因素。土耳其人观察到了，一个人的面孔可以是非常不合时宜的。它可以跃出衣服之上，眼神可以像疯子一样从上面射出来。一旦在脸上加上几道线或者杠杠，皮肤不健康的一面和野兽的一面就消失了。面孔不是说变聪明了，而是变得有知性了，成为"灵"。这让人非常舒服。我一直有一种感觉，在我雇用的印第安人的脸上都画上画以后，我们终于可以说话了。但有一个例外，就是当画的线条是愚蠢地随着脸部的轮廓和部位画的时候，这会使他们显得更加粗犷。

我不需要成为大预言家就可以说，白种人不久以后都会去刺青。人们对我说，当今人们的精神状态与之完全对立，等等。预言家说："你们将会看到。"这就够了，我也一样。

我想要加一句的是，刺青，正如一切装饰，它既能够让一个表面出现，也更容易让一个表面消失。正如一件挂毯可以让一片墙消失。而如今，让面孔消失的时代已经到了。带着一张面孔，实在是不可能显得谦逊的，除非这张脸专门为此修饰过。

独木舟

一位探险家的定义是："一个长长的凹处，可以防水。"现在，在上面，再加上另外一个长长的凹处，用树枝和叶子做成，而且完全不透水，可以防雨水、防太阳，所有天空与水的视野，不论是左岸还是右岸，还是后面，还是后面划船的人，以及一切视野，除了前面，而且不能有任何语言交流或步行的可能性，而且前面的视野，充其量也只不过是一个开口，并不大，几乎是一个圆。我们就好像是在一个半月牙的门楣中。这叫船篷。由于有大量的雨水，太阳光又非常强，所以不能没有它。

也就像是一条隧道，低低的，压抑。一条后面被堵住的隧道，只有一个出口，它以柔和的坡度降低，直到船的三分之二处，将其密封。进入这条死胡同，就像进入一张血盆大口。而且，带篷的独木舟都有这样一种大嘴的外形。在里面每天要生活十八小时，躺着，不动，躺着，必须躺着，太低了，无法坐起来。就像被囚禁，外界发生什么也不知道，或者发怒，或者睡觉。在里面像个三明治，夹在篷与船体之间。这就是那些欧洲人远远看去觉得代表了自由的东西！

安第斯山脉

这就是土地的命运：它被到处碰撞，到处覆盖，而在欧洲却渐渐消失。是谁造成了这一现象？人。人与植物。看起来土地没有什么可以自豪的地方。所以，我们可以感动地看到，在四千米的高处，安第斯山脉这条土虫的巨大土堆，让你清楚地看到土地的抗议，它从北到南在这长长的半个大洲上延伸，在任何地方也不下塌，而且前方更粗大。它只有土地向你展示，而且丝毫不因为只有这样东西向你展示而感到气馁。

"可是，真的只有这东西可看？"

"就是，土地，土地，土地。"

一开始的时候会非常不舒服，因为人也许可以没有动物，但必须有植物。在植物中有一种汁液让人愉悦。还有绿色。

海洋的命运是多么的不同。当然，所有人都在上面航行过，腓尼基人、中国人；罗马人的船在上面开过；一个小时前，还有毛里塔尼亚号在上面行驶。是的，但是它不留下任何痕迹。这个妓女永远是处女。

在单调中，有一种不为人知的好处。一样东西的重复抵得上任何一样东西的变化，它具有一种非常特殊的伟大，可能是因为语言很难表达它，眼睛也很难意识到。描绘一棵树要比描绘一片森林容易得多；困难来自要描绘那么多不同的树，需要那么多的注意力、时间和艰难的总量，同时，说到底，它们又不值得这样做，如果与生活中其他事物进行比较的话，因为那些东西同样需要我们的关注，同样需要我们的时间；因此，我们不可能花一年时间去观察一片森林。然而，它又让人不可忽视它，而且可能就是因为它高于我们，让我们无法捕捉。

有什么样的国家可以比一个比如说到处只竖起了电线杆的国家更能给你留下深刻印象？电线杆，一模一样的电线杆，一直到底。我们能够设想吗，假如普鲁士的土地上完全都是而且只有酒桶？而且我找的还都是一些相对复杂的物体。

假如一个具有伟大人格力量的人提出要仅仅用一点点水来做成一件对人的视觉来说非常重要的东西，他的同伴们——假设他有的话——肯定会嘲笑他。确实，水是世界上最平凡、最不牢靠的东西。然而，仅仅用了它，便做成了海洋。海洋是对一丁点儿水的重复，大量的重复……而在我们地球上，没有一样东西比大海更吸引人。对大海的忠诚，就像是对宗教的忠诚。有哪一个瑞士那样的弹丸之地敢如此夸口。

在同一意义上，最简单、最单调的事情会是最吸引人的。

一个第五万次回到他的竹屋的隐士感到非常激动：那是对他来说五万次在他心目中存在然而又依然还是唯一的、外在于他的竹屋，而且就在那里。

在对习惯的忠诚中，可能存在着最高的伟大。

看到多少旅行者缺乏伟大性是件平常的事（在这里，原因与结果都联系在了一起），而且在哲学家身上也是那么的常见。他们是那么不了解地球。在他们中间，有一些人，他们是那么受到了重复的激情的震撼，最后只在每个不同的生灵中看到"存在"的本质，而且很容易就相信了这一点。他的老婆、一条狗、一只猫头鹰、一棵柳树：存在、存在、存在。他能够看到它们的不同，然而，重复的存在超越于一切不同，让他沉醉。

好　客

厄瓜多尔至今还是一个不需要带钱、只需要是骑士就可以穿越的地方。厄瓜多尔不仅仅是一个闻所未闻的好客的国家，它甚至乐善好施。

在旅行的时候，厄瓜多尔人请全船的人喝酒，由于所有的船都是同一条航线，他通过航程表预先知道，他会希望它们都停靠到他所在的船边。

人们给我看了许多例子，曾经家产百万的厄瓜多尔大富翁最后破产了，而且破产就是因为乐善好施。其中的一个尤其让我震惊，他谦虚、礼貌、不张扬，没有什么特殊的激情。他当时有六百万苏克雷的财产（一个苏克雷等于五法郎）。他只要看到一个人，就会给他点什么。一匹马？一张地毯？一架钢琴？一枚戒指？假如你不马上回答："不用，谢谢。"他就会说："啊，我就知道，您一定会喜欢的。"自此以后，就没有任何东西可以让他改变想法。假如有人不小心或者故意大声说他觉得一样东西很漂亮，他马上会接口："它是您的了。"没有一个人从他家里出来的时候与进去的时候是一样的。甚至成了一句大家常说的话。只要在大街上看到有许多挑夫，或者有人推着满满的手推车，人们就会说："他刚从 D 先生那里出来……"

有些圣徒以乐善好施为专业。对于他们来说，宗教，就是乐善好施。一个乐善好施的人，随着他不断施舍，会在他身上形成一种越来越强烈的幸福观。

我们所拥有的，而且长久以来已经成为中性、灰色的东西，在施予一个需要它的别人之后，其价值会通过别人脸上流露出的幸福感而回归。

而你拥有的一切东西都有幸福的价值。只需要找到贫穷者、孩子，一个有所需的生灵。堆积起幸福的场景。成为一个幸福工厂。这一激情是那么强烈，以至于许多人为了能够施舍而乞讨。这可能是一种间接的解决方法，但是，人们是那么需要表象，一个幸福而没有幸福表象的人可能仅仅因此就会被认为是不幸的。

好施舍并非如人所说，一定是一种善良。在帕拉（巴西）的动物园里，有一个所有动物都非常喜欢的工人。他给它们食物吃。一只大猩猩，不管它在多远的地方听到他的哨声，都会跳到地上（而它对其他所有人都会非常凶，只有在它乐意的时候，才向外面看一眼，可能一天也就向外看上那么五次）。

那人靠近。大猩猩用几乎可以一下子把他的脑袋扯掉的双手捧起他的脑袋，小心翼翼地，让他靠在边上，然后好好地吻他，亲吻他，然后突然跑到它的箱子上坐下，一动不动。男子有时给它放下的食物（有时，因为并非每次），它要等到此人走掉很久之后才去吃。

这一场景中有一种我无法言说甚至无法想象的东西，比任何一个场景都让我感动。当这位工人看到我如此感动的时候——因为我每天都去，所以与他很熟悉；我的时间主要用于拿我的手杖去打鳄鱼的眼睛——他对我说："我蔑视它们，这些动物，它们将一切都看得太认真了。"因此，他在施舍，却无法被幸福的场景所感动。也许，是因为他施舍得还不够，也许，是他相对来说，比别人进步一点。他看上去不正派，有些粗蛮。还有可能是，他有点像个情郎觉得自己被纠缠上的感觉。他肯定觉得自己被人牵肠挂肚了。有一点可以肯定，大猩猩如果见不到他，会悲痛而死。我不知道自己是否表述得清楚，但是，在大猩猩与这名男子之间的相互了解非同一般，独一无二……而这名男子看上去像个坏人……

译后记：世界尽头的旅行

亨利·米肖作为诗人、画家，在二十世纪的西方艺术世界中，占据了极其重要的位置。通过这样一篇短序，译者无意也不可能将他的思想、创作完整地介绍给读者。只是希望读者能够通过此文，通过译者在其所有作品中选择出来的这部在世界文学史上没有任何其他类似作品的"游记"，感觉到作为二十世纪最敏锐、最具创造性的"智者"之一的米肖的精神脉搏，以及他的想象世界最早得以展示的源头。

由于米肖一生强调个人的内在追求，躲避媒体曝光，更兼他的诗歌世界非常独特，语言的个人特色极其明显，所以，在中国读者中，知道他的人还不是太多。

米肖何许人也？

与许多经历丰富或者身居高位的法国诗人相比，米肖的一生显得较为平淡。在大的文学归类中，他是属于"小调"的作家，更多地被与德语的卡夫卡、葡萄牙语的佩索阿等人相提并论。"反英雄"是他作品的特征之一，在法语文学中，同与他齐名的抵抗英雄、文风如古希腊雕塑般坚硬的勒内·夏尔相比，他的诗歌走的完全是另一派。他创造了一个诗歌人物，名字叫"羽毛"（Plume），喻其轻，喻其不起眼。这位"羽毛"在生活中一直遭人欺负，却始终带着最大的幻想能力，从平淡中看出神奇；他最深入地探索人的内心世界，被称为"想象世界的拓荒者"，为此，他还不惜服用致幻剂，并记录下致幻之后奇诡的感官世界。当他觉得文字不够用的时候，他便转向绘画。

他一生追求精神世界，对世界上各大民族的文明都抱有兴趣。从埃及到中国，他以一个普通水手的身份，游历全世界，带着对欧洲文明没落的忧思，他为理性、逻各斯、形而上的欧洲文明注入了全新的血液。大量的旅行、在巴黎文坛的名声，使他成为最具有全球眼光、独具慧眼的法国诗人之一。人们都知道赵无极，但鲜有人知的是，假如没有米肖的大力介绍，就没有赵无极在巴黎的辉煌。

如果一定要用一些词来定义他，我们可以称他为诗人、画家、旅行家、梦幻批评家、智者。

他从小患了内闭症，不肯说话。内心孤僻，唯一的爱好是看蚂蚁打架。他身体羸弱，尤其是心脏不好，从小被父母视为愚笨的人，没有什么前途。谁也没有料到的是，年幼的米肖拒绝的不是生活，而是整个西方文明：他拒绝食用西方文明提供的任何食粮——我们可以明白，为什么最早公开对米肖表示敬意并以一场演讲使他声名大振的人，是《人间食粮》(一译《地粮》)的作者、诺贝尔文学奖获得者安德烈·纪德。

他是一个生下来就觉得地球太小的人。

他是一个深刻理解兰波"生活在别处"的精髓的坚定实践者。

他是一个打破波德莱尔"人工天堂"的神话，却同样相信人的精神在药物力量下可以得到更深挖掘的人。

他是一个将洛特雷阿蒙的渎神反叛推向极致，并以洛特雷阿蒙的"精神之子"的身份在反叛中成功建立全新诗歌世界的人。

他不是严格意义上的超现实主义者，却比超现实主义者在蔑视现实方面走得更远。

他仿佛超脱于世事之外，却穿越世界，并将自己的智慧建立在对世界的洞察之上。

他著名的"内心空间"，在梦幻与智慧之间，搭起了桥梁。

简言之，米肖代表了一种实质性的追求，代表了二十世纪欧洲文明中一些清醒的知识人士最真诚的追求方向。

厄瓜多尔：与世界的第一次亲密接触

在法国的诗歌传统中，"东方之行"或者世界旅行，是诗人才情得到展示、个性得到锻炼的最好机会，正如对许多古典画家来说，"意大利之行"是人生的一堂基本课程。然而，许多特例又告诉人们，"异国情调"也许是诗歌创作中可以舍弃的一个环节，而且，十九世纪，由于地理、技术等原因，诗人们并不一定有远行的经历。奈瓦尔最美的一次旅行是从巴黎到北边的小城桑利斯，坐马车就可以连夜赶到；波德莱尔幼时的远洋之行，既为父母所逼，又中途而废，实在没有航海家的气概；兰波真正离开欧洲，开始为传记作家们提供津津有味的异国谈资，可以说正是他诗歌生命的终结之时；马拉美只是一名中学英语老师，当然行迹更是不远。然而，诗人的想象力并不因此而受到束缚，有时反而更加自由：有哪一个旅行家对圆明园的描写可以超过从未踏上一寸中国土地的雨果的美妙文字？然而，二十世纪的要求就不同了。交通运输手段的高度发展使得诗人们打开了世界视野。桑德拉尔穿越西伯利亚，歌颂"东方快车"的力量；谢阁兰作为军旅医生，可以远渡重洋；克洛岱尔以外交家的身份全球旅行，立志重塑天主教的精神；另一位职位略低的外交家圣-琼·佩斯同样游历丰富，以充满磅礴气势与宇宙精神的诗句获得了诺贝尔文学奖。异国成为时尚，异国成为欧洲不可或缺的"他者"，异国成为年轻诗人的必修课。于是，与米肖同时代的作家们，纷纷以自己的游历为基础，写出传世杰作，如塞利纳的《黑夜尽头的旅行》、马尔罗的《人类的境遇》。米肖的旅行，正是在这样一个大环境之下进行的。

1927年底，年仅二十八岁的米肖接受来自拉丁美洲的朋友的邀请，登上了波斯科普号邮轮，穿越大西洋，到达南美洲，开始了他第一次真正的远行。他是带着探索世界的激情出发的。同时，从一开始，他就对自己究竟能够多大程度上完成真正的冒险，抱有极大的怀疑。与之前的诗人先驱们相比，他属于经历了一次世界大战之后的"幻灭的一代"，对瓦雷里提出的西方文明的没落完全认同。"外面的世界"是这一代唯一的希望所在。然而，这种失落感与失望从某种程度上来讲是更为深层的，是对全人类文明进程的一种怀疑。人类的世界在诗人眼中，已经达到了它的极限。地球只是某个不知名的星球的"郊区"。人需要想象力，需要与以往都不同的想象力。与波德莱尔追求的了解"花儿的秘密"的想法和兰波追求"打乱所有感官"一样，他追求突破人的感官极限。与动物交流，与被称为"野蛮的"民族交流，与未来的人们交流。

年轻的米肖沉浸在自己的世界中，对自己的身体状况深感担忧，具有许多那喀索斯自恋的色彩。对自己身体的关注，使他对药物、乙醚等，都非常敏感。然而，他对外在世界保持了一种极其敏锐的感知能力，甚至可以说一种期盼，如对大海、黄土，包括对欧洲绿地的回忆。也许是这种期盼过于强烈，才造成了某种失望。然而，更大程度上，我们可以发现，米肖的失望是对异国情调的失望，同时也是一种摒弃。所有那些为欧洲绅士们津津乐道的东西，什么印第安土著、南美短工、南美的独木舟，都被他无情地拉到了现实的层面，正如他自己脆弱的身体，可能会使自己的所有远大理想都化为乌有。在一次被蚊虫叮咬之后，他的身体出现过敏。心脏过于剧烈的跳动，使得年轻的诗人几乎要放弃自己的生命，写诗乞求死神收留他：

我的心脏，投降吧。/我们已经搏斗够了，/让我的生命停止，/我们没有做懦夫，/我们尽了力。

啊！我的灵魂，/是走还是留，/你要赶紧决定，/不要这样测试我的器官，/有时那么关注，/有时又心不在焉，

你是走还是留，/必须决定。

我已经不行了。

死亡之主啊，/我从未诅咒你，也未为你鼓掌，/怜悯我吧，那么多次不带行李箱旅行的旅行者，/还没有主人，没有财富，荣耀也去了别处，

你是有力的，尤其很风趣，/怜悯这个惊慌失措的人，他在越过边界之前就已向你呼喊他的名字。/就此要了他吧，/然

后，让他适应你的性格、你的风俗，假如他还成器的话。/ 请求你帮助他，我求你，帮助他吧。

然而，年轻的诗人还是不断受到挑战自我的诱惑，决定登上近五千米海拔的火山口。临行前，他又通过诗歌，说服自己的心脏：

大家作了决定，太晚了，我的心脏，你发言已晚；/ 时间不会持续太久，不会太累，我会骑马上去；/ 而且是明天。今天没有问题。/ 为什么从现在起，你就开始无力，让我苍白？/ 为什么你开始要孩子气，开始气馁，开始让我大大虚弱？/ 我既不与你玩命，也不与自己玩命，我对你们两个都了解。

但我决定要看阿塔卡卓的火山口。

结果，米肖发现自己居然撑住了，从而给自己极大的信心，从欧洲医生的诊断阴影中走了出来：

真的很奇怪，这颗心脏。我没有感受到高山反应，然而，在欧洲，十几个医生都说我的心脏不好，回到欧洲后，好好跟他们说说。

整个厄瓜多尔之行，就在这样一种张力中展开。仿佛是一次伟大的远行，其实可能只是为了向认为自己不能成器的父母证明什么；仿佛是为了发现新大陆，却发现世界是如此单调；仿佛是为了印证自己的身体不能进行真正的冒险，却发现，事实上可以经受许多常人经受不起的考验；仿佛是普通的地上之旅，却时刻感受到圣徒般的激情……在已知与未知之间，在冒险与平常之间，在世俗与精神之间，在散文与诗歌之间，在现实与超现实之间，在逃逸与发现之间，远在拉丁美洲的年轻米肖，回想起欧洲大陆与既有的文明，感受到的不是兰波《醉舟》中粉身碎骨也在所不惜的沉醉，而是整个人类文明都进入了一种需要新的源泉、新的眼光的感叹。

于是，厄瓜多尔之行，展示了米肖后来拓展的全部领域的端倪，以及他一以贯之的精神追求。

厄瓜多尔之后

然而，从总体上来讲，作为对世界的发现，厄瓜多尔之行是失败的。1933年，米肖发表了《一个野蛮人在亚洲》，记录了包括在印度、日本、中国等地的旅行。这次旅行与厄瓜多尔之行不同，改变了米肖对外面世界的感觉，甚至改变了他对"现实"一词的理解。他在序中这样说道："终于是他的旅行"（他常常以第三人称说自己），"当我见到了印度，当我见到了中国，在这个世界上的人，第一次让我觉得值得成为真实的人。我非常喜悦，一头扎进了这一真实中，相信自己一定能从中带回许多东西。"他在亚洲看到的，不是异国情调，而是一种实质性的、神秘的、奇特的东西，一种真正西方所缺乏的东西。

从此之后，我们发现，米肖的所有作品在某种程度上，都可视为一种游记。游记的片断式、残缺感、未知感，以及真正意义上的旅行的探索本质,成为他所有作品的精髓。不论是对自己身体内部的探索,还是对想象出来的、非真实世界的探索,还是服用致幻剂之后的记录,都具有某种游记的形式。语言成为探索的最佳工具,当文字语言不再适用之时,绘画语言取而代之,或者相映成趣,互为补充。

颇有意趣的是,就在《一个野蛮人在亚洲》之后三年,米肖就发表了《大加拉巴涅之行》,从而揭开了他的想象之国的旅行,开始完整地探索他的"内在世界"。大加拉巴涅是一个人们在世界地图上无法找到的地方,里面有许多小国家,各具匪夷所思的特性。米肖发挥了天才的想象力,将虚构能力运用到了极致。在许多细节上,他反其道而行之,将旅行生活中所见的每个国家的法律与习俗颠倒过来,运用了他崇拜的先驱洛特雷阿蒙的"替换"手法,从而充满了讽刺与幽默的效果:

> 在大阿拉巴涅,盗匪到警察局受训,警察到歹徒那里实习,双方经常互换人员。军队由敌人供养。在家庭和政府事务中,妓女被视为最好的顾问。

在大加拉巴涅之后,米肖又想象出了"魔法的国度""波德马"等纯粹虚构的领地,直到自己作为创造者,凭空发明了一个种族,叫"梅朵桑"。他不断地在内与外的想象空间中穿越、驰骋,以自己的身体感觉、梦境为基础,又大量吸收人类学、人种学的最新发现,从列维-斯特劳斯、米歇尔·莱利斯有关"野性思维"的研究成果和自己的亲身游历中汲取灵感,真正做到了"内取诸身,外取诸物",从而构建起完整的"内在空间",并以此而蜚声世界诗坛和绘画艺术界。

许多不习惯的人会觉得米肖的作品并不像诗,并不符合传统意义上的"美"。确实,在米肖特殊的文学追求中,"真"胜于"美",因为他要绝对忠实于自己的感觉,因为他是一位永不放弃的、探索的忠实记录者。这一点对理解他的作品非常重要。他从小憎恨华丽的辞藻,认为世上的作家大多是些美丽词语的制造者,是些"造句者",从而妨碍了对最精髓、最实质性的东西的追求。他崇尚老子的文风,在他看来,老子的文字硬得像块石头,但是在坚硬的壳之下,有着鲜美的汁液。从某种意义上来讲,只有"得道者",才能理解。所以,与二十世纪许多强调读者的重要性、强调对话的作家相比,米肖是一个严格意义上为自己写作的人。他决不取悦读者,而是将诗歌与文学视为与世界上真正的智者相交流的手段,是一种精神手段。他曾经说,他可以只为两三百人写作。他决不迁就,而是需要读者走向他,随他进入那些无穷的旅行,不论是现实中的旅行、想象中的旅行、内在的旅行,或者纯粹虚幻的旅行。

事实证明,米肖的作品虽然显得非常神秘、非常高傲,但是,它早已征服了读者的心。米肖已被法语世界公认为二十世纪最伟大的诗人之一。米肖的《有个叫"羽毛"的人》是法国人最熟悉、最喜爱的诗歌作品之一,甚至被收入中学课本。而《一个野蛮人在亚洲》受读者欢迎的程度,远远超过了受专家欢迎的程度。他在现代绘画艺术领域的地位同样非常高,被视为"无具形艺术"中最重要的艺术家之一。

由于米肖的诗歌、艺术世界非常丰富,如果只选择其中的一部，在欣赏上可能会产生某种片面的感觉，而翻译全集，一时又不太现实。所以译者经过再三权衡，选择了这部代表诗人的个性、萌发诗人的诗歌才情的第一部作品，希望读者接触到这样一部作品后，能够对他有一个初步的了解，甚至产生一种期待感。